Après Céleste

De la même autrice

Partir de rien, Les Éditions de Ta Mère (Québec), 2011, 2019.
La remontée, Les Éditions de Ta Mère (Québec), 2015.

Le bruit du monde
68, rue de Rome
13006 Marseille
contact@lebruitdumonde.com

ISBN 978-2-493206-43-5
Dépôt légal : mars 2023

Maude
Nepveu-Villeneuve

Après Céleste

Roman

le
bruit
du
monde

Pour Filou

« Nous ne sommes pas des créatures sauvages et idéalisées. Nous sommes d'imparfaits mortels, conscients de cette mortalité alors même que nous la repoussons, entravés par notre propre complication, ainsi faits que lorsque nous pleurons nos pertes, c'est aussi, pour le meilleur et pour le pire, nous-mêmes que nous pleurons. Tels que nous étions. Tels que nous ne sommes plus. Tels qu'un jour nous ne serons plus du tout. »

Joan Didion, *L'année de la pensée magique*

UN

« I'll just… go home to my sad life and be miserable forever. »

Maddy Thorson, *Celeste*

L'été, quand les feuilles vertes ont fini de pousser sur les branches des arbres de Moreau, il fait plus sombre qu'en hiver sur la rue de mes parents, tant les feuillages centenaires font de l'ombre au-dessus des maisons. Chaque année, mes parents se sauvent alors pour chercher le soleil, en Espagne, au Maroc, au Belize, n'importe où en fait où la chaleur est plus écrasante en juillet que sur leur petite rue ombragée d'un petit village perdu du Nord, un petit village que je ne nomme jamais quand les gens veulent savoir d'où je viens, parce qu'il ne dit rien à personne, alors je me rabats toujours sur la grande ville la plus proche, en disant *dans ce coin-là*, et les gens hochent la tête, haussent les épaules, parce que même la ville la plus proche est une ville mineure, négligeable, dont on n'entend jamais le nom dans les bulletins météo et dont tout le monde n'a qu'une vague image mentale.

Quand j'étais petite, ils m'emmenaient avec eux. Nous partions à trois, unité familiale fusionnelle et indestructible, forte de nos têtes blondes et dures et de nos rires identiques, et nous fuyions ensemble l'ombre des grands arbres sur les bungalows et leur pelouse pour marcher sur les berges des îles des Caraïbes ou dans les rues du Caire ou de Terceira. J'aurais préféré la fraîcheur de notre petite rue, le vélo pendant des heures autour du quartier, les siestes dans le hamac de la cour arrière, les dessins sur l'asphalte avec Laure, ma voisine d'en face, ma meilleure amie, mais mes parents avaient d'autres plans. Nous partions à la fin de l'année scolaire et revenions au début du mois d'août, à temps pour acheter les fournitures et les vêtements neufs.

Cette fois, ils sont quelque part au Sud, dans une jungle quelconque, quand je stationne ma voiture dans l'allée. La pelouse et les platebandes sont à l'abandon, comme d'habitude. Les voisins ont fini par s'habituer et laisser mes parents tranquilles avec ce qu'ils appellent leur jardin anglais, mais qui n'est en fait qu'un fouillis de plantes indiscernables poussant les unes à travers les autres jusqu'à manger complètement le gazon constellé de pissenlits qui s'allonge à plusieurs centimètres au-dessus du trottoir craquelé.

Ce n'est même pas ma voiture que je stationne, en fait, c'est une voiture de location, du même modèle que celle qu'on avait louée avec Simon pour notre voyage de l'été dernier, celle qui me donnait l'impression de se conduire toute seule. Même si j'ai eu mon permis à seize ans comme tout le monde à Moreau, je n'ai jamais eu de voiture à moi, et j'ai arrêté de conduire quand je suis arrivée en ville – sauf pour visiter mes parents et sauf cet été-là, avec Simon, pour aller jusqu'à la mer. La mer qui est tellement loin de Moreau.

Mes parents sont quelque part dans la jungle quand j'arrive chez eux, donc, et que la voisine me salue de sa fenêtre, et que je marche le long du chemin envahi d'herbes folles jusqu'à la porte d'entrée du petit bungalow brun. Je sors ma clé, je ramasse le courrier et je dépose ma valise dans l'entrée avant de retourner chercher dans le coffre les sacs de l'épicerie que j'ai faite en chemin pour ne pas avoir à ressortir une fois arrivée ; je range la nourriture dans la cuisine, les périssables au frigo, les conserves dans l'armoire et, une fois le dernier sac vidé, je m'assois sur le divan du salon, et je pleure.

Ma chambre était à côté de la salle à manger et mes parents n'y ont pas touché quand je suis partie pour le cégep. C'est moi qui l'ai transformée à chaque visite, j'ai décroché les vieilles affiches de groupes que je n'écoutais plus ou de films dont j'avais oublié la fin, j'ai changé les rideaux un Noël, la douillette l'été suivant. J'ai continué de rentrer pour les vacances pendant tellement longtemps que je ne sais pas exactement quand j'ai cessé d'habiter ici. Peut-être jamais. Peut-être que cette chambre est restée ma vraie maison, tout ce temps-là, et qu'elle n'a fait que m'attendre patiemment jusqu'à ce que j'y revienne aujourd'hui. Peut-être que toutes ces années n'étaient qu'un long rêve pénible et vaguement incohérent et que je me réveille ici aujourd'hui pour commencer enfin ma vie. Ce serait si simple.

Ma valise a été faite trop vite. Je l'ai remplie sans réfléchir, en y jetant les choses sur lesquelles je posais mon regard, mon regard qui était comme envahi d'une bruine, comme restreint, une vision tunnel, je pense, qu'ils appellent ça, et je lançais des choses dedans sans les rouler comme me l'avait montré mon père il y a longtemps, avant l'un de nos voyages estivaux. C'est un truc pour faire entrer plus de choses dans un sac de voyage, on prend le chandail et on le roule en un serpent le plus étroit possible plutôt que de le plier normalement, et comme ça on peut apporter plus de chandails, c'est un truc qui m'a été très utile quand mes parents ont décidé que désormais, nous n'enregistrerions plus de bagages en soute, on n'apportait qu'un sac à dos assez petit pour se loger dans les compartiments au-dessus de nos sièges d'avion, de train, de bus. À treize ans, essayer de me restreindre à un petit sac à dos pour six semaines, c'était un calvaire, alors j'ai appris à rouler mes vêtements très très serré. Mais en remplissant ma valise, cette valise-là, je me foutais de rouler mes vêtements, je voulais juste partir au plus vite, m'en aller, me sauver, ne plus voir les morceaux de ma vie qui semblait se désintégrer pixel par pixel depuis des années.

En l'ouvrant maintenant, je regrette de ne pas avoir eu un peu plus de patience, ou un peu plus de présence d'esprit, ou de courage, peut-être, pour la remplir un peu mieux.

Je n'ai pris aucun sous-vêtement.

En secondaire cinq, comme cours à option, j'ai choisi un cours sur la mythologie. Je pense que je ne voulais pas entendre parler du réel, je voulais me perdre dans des histoires inventées à une époque très loin de la mienne. J'ai étudié *L'Iliade* et *L'Odyssée*, je me suis passionnée pour l'histoire de Perséphone et pour celle de Pénélope qui passait ses nuits à défaire la tapisserie qu'elle avait tissée durant le jour pour repousser le moment de choisir un nouveau mari, j'ai lu et relu cent fois les trois versions différentes de l'histoire d'Antigone que nous devions analyser et j'ai appris par cœur les dieux et déesses grecs et leurs équivalents romains. Ma préférée, c'était Artémis – Diane, chez les Romains. Artémis, déesse de la chasse, de la fertilité et de l'accouchement, femme libre et farouche, capable de tuer un violeur d'un coup de flèche ou de changer en cerf un ennemi, Artémis et sa biche, Artémis protectrice des jeunes femmes et des petits enfants. Au Louvre, au centre de la salle des Cariatides, il y a l'*Artémis à la biche*, un marbre du deuxième siècle devant lequel j'ai traîné mes parents presque de force, alors qu'ils avaient décidé de nous emmener dans le sud de la France pour l'été qui a suivi la fin de mon secondaire.

J'ai insisté pour qu'on passe par Paris d'abord. J'avais tant de choses à voir, à Paris, un pèlerinage d'œuvres d'art et de tombes d'artistes et de cafés célèbres à faire, et nous avons fini par passer deux jours au Louvre parce qu'un seul ne me suffisait pas.

J'ai pensé à Artémis souvent, ces dernières années. Je me suis mise à transporter dans mes poches une image d'elle dessinée par Simon, comme un talisman. Je me trouvais un peu ridicule avec mes histoires de divinité, mais quand rien n'a de sens, il faut bien se raccrocher à quelque chose.

C'est peut-être elle, au fond, qui m'a poussée jusqu'ici, à Moreau, seule au milieu des forêts et des montagnes qui sont son domaine. Elle ne peut plus grand-chose pour moi, pourtant – il est trop tard.

Personne ne sait que je suis partie. Sauf Simon, mais ce n'est pas lui qui viendra me poursuivre jusqu'ici, et de toute façon, il ne sait pas que je suis ici, précisément. Il s'en doute, peut-être, mais je pourrais tout aussi bien être partie chez une amie à deux stations de métro, dans l'Ouest ou de l'autre côté de l'océan que ça ne changerait rien pour lui. Il ne me cherchera pas.

La nuit est tombée quelques heures à peine après mon arrivée. J'espérais arriver à dormir, mais j'ai perdu l'habitude du silence. Je connais trop les bruits de la maison, je ne les entends plus, et dehors il ne se passe jamais rien, pas même une voiture qui se stationne, ses portières qui claquent, ses occupants qui marchent ou qui parlent ou qui rient, ou bien une simple bagarre de chats. Personne n'a de chat, à Moreau. Je ne sais pas si cette absence date de toute éternité ou si elle a un jour été décidée par une assemblée de village, ou par une sorte d'entente tacite entre les habitants, et je ne l'ai remarquée que lorsqu'arrivée en ville, j'ai croisé dans les ruelles et sur les trottoirs autant de chats que d'humains, mais après toutes ces années ça semblait bizarre d'en parler, de poser la question, alors j'ai fait comme si de rien n'était, comme tout le monde, et j'ai accepté cet état de fait. Il n'y a pas de chat à Moreau.

J'écarte les rideaux, ceux que j'ai choisis une année avant de rentrer pour Noël, et j'observe la maison d'en face. La maison de Laure. La façade a changé de couleur il y a quelques années, je ne sais plus quand exactement. Le rouge a été remplacé par du bleu, les panneaux de cèdre ont été enlevés, des volets jaunes ont été posés, et la tente-roulotte n'est plus stationnée dans l'allée. Laure et moi avons joué des années durant dans cette tente-roulotte déployée dans l'entrée de garage de la maison de ses parents, c'était notre cabane, notre cachette pas si secrète. Et puis on a vieilli, on s'est mises à traîner au terrain vague avec les autres, on est parties étudier ailleurs et la tente-roulotte est restée pliée, jusqu'à ce qu'un jour, ma mère m'appelle pour me dire que les parents de Laure avaient vendu la maison. C'était les troisièmes à vendre cette année-là, sur notre rue.

C'est un jeune père célibataire qui l'a achetée, un gars de la ville la plus proche qui trouvait qu'il ne vivait pas déjà assez loin de la civilisation et qui rêvait d'un grand terrain et d'une forêt où se perdre, ou bien qui n'avait tellement pas d'argent qu'il n'avait pas pu trouver mieux. Je les ai croisés quelques fois, lui et sa fille, mais ni lui ni elle ne disaient grand-chose. Il n'y a pas beaucoup d'enfants, à Moreau. Ma mère me parle d'eux parfois, ses voisins d'en face, mais j'écoute toujours d'une oreille, comme quand elle me parle des voisins d'en arrière ou du dépanneur qui ne vend plus de sa sorte de chips préférée, ou du lac qui a gelé plus tôt ou plus tard que d'habitude cette année. Ce n'est pas que ça ne m'intéresse pas. C'est simplement que quand je n'y suis pas, il me semble que Moreau cesse d'exister, comme si le village m'attendait pour revivre, ou comme s'il n'était qu'un pur produit de mon esprit, et ça donne une allure de fiction à tout ce que me raconte ma mère au sujet de sa vie là-bas. Mais depuis mon arrivée, le village reprend vie, et il y a de la lumière dans la maison d'en face. Une ombre bouge derrière un rideau pas assez opaque, la forme grossit, puis rapetisse, puis se déplace de droite à gauche et de gauche à droite. Quelqu'un, comme moi, ne dort pas, et fait les cent pas.

Elle était la troisième, mais elle était la seule à avoir un visage. Les deux premiers sont venus et repartis comme des vagues, nous avons à peine eu le temps de les savoir exister, de tendre la main pour les toucher qu'ils n'étaient plus là. Elle, c'était différent. On avait cru qu'elle allait rester. On avait cru, à la voir danser, qu'elle avait fait son nid comme le font ces petites choses-là, celles qui grandissent suffisamment, celles qui existent et apprennent à respirer. C'était peut-être le nid qui faisait défaut, justement, ce nid qui n'arrivait à retenir personne plus longtemps qu'un nombre fini de semaines, quelques mois tout au plus, jamais assez.

Elle est passée comme les bateaux qu'on apercevait au loin dans la nuit, du balcon de notre maison au bord de la mer, assez près pour s'imaginer qu'elle avançait vers nous, mais trop loin pour qu'on puisse bien la distinguer avant qu'elle disparaisse pour de bon. Après son départ, c'était la nuit, toujours, et Simon n'a plus supporté la noirceur, il s'est mis à chercher le soleil dehors du plus fort qu'il a pu alors que je restais là à plisser les yeux pour me souvenir de son visage. J'avais si peur de l'oublier.

C'est comme ça que le gouffre s'est creusé, lui dehors, moi dedans, chacun tourné vers ce qui nous apaiserait, en oubliant de se tourner l'un vers l'autre. On se sera fait dos trop longtemps.

J'aurais voulu laisser mes contrats en ville avec tout le reste, mais ils m'attendent toujours au matin dans mon ordinateur, avec leur ennui ronflant et mal payé. Je ne peux pas y échapper.

Je n'ai pas choisi de vivre en écrivant sur les comptoirs de granit et les armoires en thermoplastique. Ce n'était pas ce que j'imaginais quand j'ai eu mon diplôme en journalisme et que j'ai démissionné de mon travail d'étudiante pour me consacrer à la rédaction à la pige. J'avais décidé que je travaillerais en journalisme écrit, plutôt que télévisuel. Il fallait faire de la place à l'écriture, si on voulait travailler pour un journal important, avait dit un de mes professeurs, et j'avais espéré qu'en lui ménageant le plus d'espace possible, elle enflerait jusqu'à remplir mon existence à ras bord, que je nagerais dedans. Mais ce n'était pas du tout ce qui s'était passé. Quand j'ai lâché mon travail chez le traiteur, c'était la vie quotidienne qui avait enflé, on aurait dit que toutes les tâches que je réussissais à faire avant avec moins de temps s'étaient dilatées, tout était plus long, tout était plus important, mille choses impératives apparaissaient dans mon agenda sans trop que je comprenne pourquoi. Je m'étais imaginé que, pour m'aérer le cerveau entre deux séances de rédaction, j'aurais enfin le temps de faire le ménage de mon bureau et de mon garde-manger, de trier mes vêtements d'hiver, toutes sortes de choses comme ça que je n'avais jamais le temps de faire depuis trois ans, coincée que j'étais entre les travaux scolaires et le boulot, mais non. Je n'avais même pas le temps de faire ça, j'étais trop occupée à faire la vaisselle, à ramasser mes traîneries, à aller au marché acheter des légumes, à aller nager, à répondre à trente-six mille courriels de mes clients qui ne savaient pas ce qu'ils voulaient ou qui le savaient trop. Et l'écriture, la vraie, celle des textes qui m'importaient, se retrouvait tassée dans un coin, recroquevillée dans le minuscule espace que la vie quotidienne lui avait laissé.

Avant de vouloir devenir journaliste, j'ai rêvé de danser dans *Casse-Noisette*. À quatre ans, ma mère m'a inscrite à mon premier cours de ballet, avec Laure, et on a tout de suite eu la piqûre. On en a fait ensuite pendant des années, nos parents allant nous reconduire en alternance à nos cours en ville, puis on s'est inscrites en danse-études au secondaire et notre vie en entier s'est mise à tourner autour du ballet, la danse était devenue notre élan commun, elle dictait tout – ce qu'on mangeait, les films qu'on regardait, les amies qu'on voyait, les discussions qu'on avait, les rêves qu'on partageait – et les commentaires de nos professeurs étaient devenus la seule parole que nous entendions vraiment, à part peut-être pour les ragots de vestiaire sur telle fille qui avait pris trop de poids ou telle autre qui s'était évanouie en classe parce qu'elle n'avait pratiquement rien mangé depuis des jours.

les autres vies qui frôlaient à peine notre immeuble, et non par la nôtre. Nous voulions une vie bruyante et nous n'y arrivions pas.

Mes yeux passent de l'écran à la fenêtre, et de la fenêtre à l'écran, cent fois. Rien n'y fait. Je décide de sortir.

Mon vélo est toujours dans le garage. Je n'ai jamais voulu l'apporter en ville, j'avais bien trop peur des voitures et des autobus, moi qui ai appris à rouler dans les vieilles rues tranquilles de Moreau, lentement sous les arbres de la forêt autour du village et sur la piste qui longe le lac. Nous sommes en pleine semaine, les gens sont partis, ils travaillent au centre du village ou dans la ville la plus proche, et je peux rouler au milieu des vieilles rues en zigzaguant autour des fissures et des cratères sans risquer de me faire klaxonner. Quand je sors du garage, madame Labelle, la voisine, me fait signe à sa fenêtre encadrée de clématites, je lui réponds de la même manière en posant le pied sur la pédale.

Les rues m'emmènent jusqu'au lac, comme d'habitude. C'est un grand lac, assez pour qu'on ne puisse pas en faire le tour à la rame en un seul après-midi. Sur une rive, le centre de Moreau, la place publique, la fontaine, le dépanneur, la boulangerie, le bureau de poste. Sur l'autre, que des arbres et des montagnes. Là-haut, on devine un chalet. Personne au village ne sait qui y habite ni depuis combien de temps, on se le demande pourtant, on le guette, on garde la trace des soirs où les lumières sont allumées, on en discute dans la file au dépanneur quand on a épuisé les habituels ragots. Tout le monde l'appelle de la même manière, « le chalet de la montagne », et c'est comme s'il concentrait en lui toute notre imagination collective, nos incertitudes, nos espoirs et nos peurs, et nous sommes certains qu'il nous survivra, qu'il nous a précédés et qu'il sera encore perché dans la montagne quand le village ne sera plus qu'une coque vide, délestée de ses derniers enfants et de ses trop nombreux vieux. Le chalet est immortel, et nous ne le serons pas.

Sur la place publique, près de la fontaine, je m'arrête un moment pour regarder le lac et les risées qui courent dessus. À l'une des tables de pierre, un homme, un vieil homme est assis devant un journal. Il touche sa casquette quand je passe devant lui et recommence à fixer le lac, ou bien peut-être qu'il regarde la forêt de l'autre côté, ou l'antenne qui clignote au sommet de la montagne. Il ressemble à la majorité des habitants de Moreau, des retraités de la scierie. Bientôt, il ne restera plus que des vieux, au village.

Le vieil homme baisse la tête sur son journal et ouvre la page des mots croisés. Je remonte sur mon vélo et repars en direction de la maison de mes parents.

Au moment de tourner dans l'allée pour ranger ma bicyclette dans le garage, je remarque un rideau qui bouge, chez Laure, en face. Une petite fille me regarde par la fenêtre.

Quand je sors du garage après avoir rangé mon vélo, j'entends madame Labelle qui m'interpelle.

– Dolores !

Elle est sur son balcon, appuyée sur des béquilles. Je ne savais pas. Peut-être que ma mère me l'avait dit, en fait elle m'en avait sûrement parlé, mais comme d'habitude j'ai classé la jambe cassée de madame Labelle dans le Moreau imaginaire, et j'ai oublié.

– Qu'est-ce qui est arrivé à votre jambe ?

– Ta mère t'a pas raconté ? C'est tellement bête. Je me suis enfargée dans l'escalier de la cave.

Elle rit. Je lui souris comme pour dire *c'est vrai que c'est bête*, mais avec un regard que j'espère compatissant, parce que je sais trop comment ce genre d'accident arrive, et parce que madame Labelle est comme ma troisième grand-mère, celle qui m'a gardée les soirs où mes parents assistaient aux assemblées de village qui ne l'ont jamais intéressée, elle, celle qui me faisait de la limonade et jouait aux cartes avec moi le samedi après-midi quand je m'ennuyais et qui me demandait toujours à moi en premier si j'avais fait un beau voyage quand on revenait de nos périples au soleil.

– T'es toute seule ?

– Oui. J'avais besoin d'une petite pause de la ville.

De ma vie. De Simon. De tout.

– Avez-vous besoin d'un coup de main pour quelque chose, avec votre plâtre ?

– Oh, je veux pas te déranger avec ça, mon minou.

Madame Labelle m'a toujours appelée « mon minou ». Je suis le seul chat de tout Moreau.

– C'est rien, voyons.

J'entre avec elle dans son bungalow divisé comme celui de mes parents, pareil, mais différent avec ses meubles placés autrement et ses décorations Tiki et ses poissons tropicaux qui me subjuguaient quand j'étais enfant, et encore un peu maintenant. Dans la cuisine, les sacs de poubelle s'empilent et l'odeur me prend la gorge. Elle me fait un regard d'excuse, pointe son plâtre.

– J'arrive pas à les apporter au chemin.

Je fais deux voyages de sacs verts jusqu'au bord du trottoir et je lui fais signe d'attendre une seconde. Dans la chambre de mes parents, je vais chercher le diffuseur de ma mère et mon huile essentielle préférée, celle de romarin, je vais le brancher dans la cuisine de madame Labelle et je remplis l'évier d'eau chaude. Les chaudrons sont sur le comptoir depuis longtemps, et l'énergie employée à me battre contre la crasse me donne l'impression que je suis encore en vie, malgré tout. À travers les protestations de madame Labelle, j'essuie la vaisselle, je nettoie la table et la cuisinière, je brosse la cuvette de la toilette et j'ouvre le frigo.

– Demain, j'irai vous faire une épicerie. Faites-moi une liste.

– T'es ben fine, mon minou.

J'embrasse madame Labelle, je la laisse dans son salon Tiki avec l'odeur du romarin et je traverse le jardin anglais pour retourner m'asseoir devant mon ordinateur, dos à la porte du sous-sol, face à la fenêtre qui donne sur la maison de Laure. La petite fille n'est plus là.

Dans la salle à manger, le curseur clignote toujours sans fin dans mon document. Je n'ai pas travaillé ce matin, mais au moins, je n'ai pas pleuré.

Je commençais mon bac en journalisme. J'avais une cote R impossible, dix-neuf ans et le rêve d'être reporter à l'étranger comme Tamara Alteresco. C'était tout naturel, au fond : je m'exerçais depuis que j'étais petite à dire *ici Dolores Vallières pour Radio-Canada à Moreau* devant mon miroir, et aussi quand ma mère filmait les repas d'anniversaire, de Noël, de Pâques ou de la fête des Mères, mes spectacles de danse et nos voyages estivaux. Je disais *ici Dolores Vallières pour Radio-Canada à Oaxaca*, j'étais reporter à l'étranger et je faisais des topos incroyables sur le chocolat mexicain et les pyramides de Monte Albán.

Au début du bac en journalisme, à dix-neuf ans, avec mon rêve d'être reporter à l'étranger comme Tamara Alteresco, j'étais naïve et anxieuse et je ne connaissais personne.

Au premier cours de la session, j'avais choisi une place au hasard dans la classe et j'avais fraternisé avec les filles qui étaient autour de moi, pas grand-chose, quelques phrases, mais juste assez pour me sentir moins seule, juste assez pour avoir l'impression que, quelque part dans cette université labyrinthique où je ne croisais jamais le même visage deux fois, quelqu'un connaissait mon nom. Et puis deux jours plus tard, complètement par hasard dans un pavillon qui n'était même pas celui de journalisme, je suis tombée sur une des filles du premier cours, Corinne, celle qui riait fort et qui avait négocié serré la pondération des évaluations dans le plan de cours. Elle a crié en levant les bras au ciel, comme pour dire *te voilà enfin*, elle s'en allait manger avec des amis, elle voulait que je l'accompagne.

Je ne sais pas ce qui m'a poussée à dire oui. Je ne dis jamais oui à ce genre de choses d'habitude, je suis plutôt du genre à manger toute seule dans mon coin avec des écouteurs sur les oreilles, mais cette fois-là j'ai dit oui, j'ai dit *OK, allons-y*, sûrement parce que j'avais besoin de me trouver une ancre, quelqu'un à qui m'agripper pour ne pas me perdre dans ma nouvelle existence d'universitaire, et j'ai cru que Corinne pouvait être cette personne-là, cette ancre-là, juste parce qu'elle était au bon endroit au bon moment et que j'en avais besoin.

Je l'ai suivie jusqu'à un restaurant vietnamien du quartier. Au fond du resto, autour des rouleaux impériaux, des soupes et des grillades, il y avait trois ou quatre amis de Corinne dont je ne me souviens pas, et Simon.

Corinne a pris l'une des deux chaises libres et je me suis retrouvée assise sur l'autre, à côté de lui. Par hasard. Il s'est mis à me poser des questions sur mes études collégiales, sur la région d'où je venais, sur ma race de chien préférée, sur n'importe quoi pour ne pas laisser mourir la conversation dans un malaise gêné. De temps en temps, les autres riaient fort et s'exclamaient et ça noyait son interrogatoire, mais il persistait, il attendait que le calme revienne, bien décidé à savoir si j'avais des frères et sœurs et quel sport je préférais pratiquer. Normalement, ça m'aurait gênée, je n'aime pas trop parler de moi, je préfère faire parler les autres, mais il avait réussi à me faire sentir spéciale. Il était un peu plus vieux que nous, il avait vingt et un ans et il terminait un bac en histoire, il songeait à se réorienter, peut-être en journalisme lui aussi, riche de tous ses apprentissages antérieurs et d'une expérience universitaire qui me paraissait infinie alors que je n'étais que cette fille de dix-neuf ans un peu coincée qui rêvait de devenir Tamara Alteresco, et pourtant il s'intéressait à moi, et c'était suffisant pour me donner l'impression de briller dans son regard, de me déployer sous ses yeux. Et puis, j'étais reconnaissante. Il était le seul à m'avoir adressé la parole pendant que Corinne me laissait me débrouiller, trop absorbée par ses conversations avec ses amis.

À la fin du repas, à la caisse, pendant que la serveuse calculait nos rabais d'étudiants, il s'est tourné vers moi et a eu l'air de vouloir me demander quelque chose, puis il s'est ravisé. On s'est quittés en se faisant la bise et je n'ai plus tellement repensé à lui, sûre que j'étais de ne plus jamais le croiser de toute ma vie.

Quelques semaines plus tard, un jeudi après-midi, je devais aller au cinéma avec une autre fille du bac, mais elle a annulé à la dernière minute à cause d'une intoxication alimentaire. J'ai donc décidé d'aller finir des travaux à la bibliothèque et, en cherchant une table libre, je suis tombée face à face avec Simon dans une rangée. Cette fois-là, après une longue conversation à voix basse entre des manuels de biologie, il a osé me demander mon adresse courriel.

Quand je remonte le fil des événements, j'ai l'impression d'être avalée par l'infinité des possibles. J'aurais pu m'asseoir ailleurs au premier cours du bac, prendre un autre couloir ce jour-là et ne pas croiser Corinne, ou refuser d'aller manger avec ses amis, et elle aurait pu prendre la chaise qui était à côté de Simon, et mon amie aurait pu jeter le yogourt périmé au lieu de le manger, le jour du cinéma. Tout ce qui aujourd'hui est central dans mon existence, tout ce qui m'a construite et me détruit à la fois, tout ce qui fait qu'aujourd'hui je suis à Moreau plutôt qu'à Moscou ou à Abidjan ou à Genève en train de dire *ici Dolores Vallières pour Radio-Canada* dépend de cette suite précise de hasards insignifiants qui ont changé le cours de ma vie.

Le plus drôle, c'est que Corinne a lâché le bac en journalisme deux semaines plus tard. Je ne l'ai jamais revue.

Je finis par accepter l'idée qu'il faudrait que je soupe alors que le soleil commence à descendre dans le ciel d'août, même si j'ai l'impression d'avoir un sac de charbon dans l'estomac.

Les ingrédients que j'ai apportés sont d'une tristesse infinie. Ce n'est pas moi qui cuisinais, c'était Simon, et sans lui on dirait que je ne sais plus rien faire, à peine cuire un œuf ou des spaghettis, et même là encore la sauce sera fade, ou achetée toute faite. Mais ce n'est pas vraiment grave, parce que de toute façon, tout goûte un peu la terre dans ma bouche et roule comme des cailloux dans mon œsophage.

Je m'assois au bout de la table pour manger, sur la chaise qui fait face à la cuisine. C'est ma place depuis toujours, ma mère à l'autre extrémité, dos à la cuisine, mon père face à la fenêtre qui donne sur la maison de Laure, là où j'ai placé mon ordinateur, et moi face à ma mère, à gauche de mon père. Mon père disait qu'il s'assoyait entre ses femmes. Même quand il y avait des invités, on ne changeait pas la configuration de nos places habituelles, on assoyait les invités autour de cette fondation, et je ne me verrais pas manger ailleurs même si mes parents ne sont pas là.

La sauce bolognaise de l'épicerie est décevante, et je n'ai même pas pensé à acheter du parmesan. Je tourne la fourchette dans mon assiette pour passer à travers mon repas comme on coche une case sur sa liste et je bois une gorgée du vin rouge que j'ai apporté et que j'aurais sans doute dû ajouter à la sauce, quand il me semble que j'entends un bruit, comme un genre de grattement, ou de frottement, à la hauteur de mes pieds. Je regarde par terre, mais rien ne bouge. Ça gratte à nouveau, *crrrsh, crrrsh, frrr, frrr,* je n'arrive pas à localiser la source du son, peut-être dans les murs, ou bien sous le buffet, ou bien derrière la porte du sous-sol, toujours fermée. Sûrement un rongeur, ça arrive souvent, à Moreau, un mulot ou un écureuil qui s'est perdu, ou alors une souris qui s'est mis en tête de se construire un petit nid bien douillet entre deux murs. J'ai perdu l'habitude des colocataires griffus, et la perspective de partir à la chasse à l'intrus ne m'enchante pas.

Le grattement recommence, un peu plus fort, et cette fois, j'en suis presque certaine : le son vient de la porte du sous-sol. Je fige.

Quoi que ce soit, je n'ouvrirai pas la porte pour vérifier. En bas, il y a trop de choses que je ne veux pas, que je ne peux pas voir – la barre de ballet où je me suis entraînée toute ma vie jusqu'à mon accident, mais surtout, toutes ses choses à elle, celles qu'on avait achetées pour la vie qu'elle n'aura jamais et que mes parents ont rapportées ici en attendant qu'on décide quoi en faire.

Au cas où, peut-être, on réessaierait d'avoir un enfant.

J'ai tourné et tourné dans mon lit en essayant d'ignorer les grattements venus du sous-sol, jusqu'à m'endormir sans m'en apercevoir. Il est passé trois heures quand j'ouvre les yeux, trempée de sueur et entortillée dans les draps, comme chaque fois que je rêve à ce moment où je me suis réveillée dans mon sang.

C'était il y a trois ans, la première fois que j'étais enceinte. J'avais eu peur d'avoir fait pipi au lit, c'était chaud partout entre mes jambes, mais j'avais tellement mal au ventre, comme une brûlure, que j'avais crié en secouant Simon.

– Allume la lumière!

J'avais enlevé la douillette et c'était comme un film d'horreur, j'avais même pensé que je rêvais pendant une seconde, parce que ça ne pouvait pas être vrai, le cap magique était franchi, le nombre de semaines était bon. Et pourtant.

Nous avions atterri à l'hôpital à deux heures du matin, c'était ma première visite à l'urgence depuis mon accident, j'étais sûre d'être en hémorragie, je tremblais et Simon me répétait sans arrêt que tout allait bien aller.

– Ça va pas bien aller, Simon, je suis en train de perdre notre bébé et tout mon sang!

J'avais sacré à travers mes larmes. Ça avait pris une éternité avant que je passe au triage, une éternité pendant laquelle j'étais allée trois fois changer de serviette aux toilettes en passant chaque fois devant la salle d'attente pleine à craquer. Je pleurais et mes jeans étaient tachés de rouge, les gens m'observaient comme si j'étais le divertissement qu'ils attendaient après des heures à regarder dans le vide et je me sentais m'écrouler un peu plus chaque fois que je devais croiser leurs regards.

Quand ils m'avaient finalement appelée au triage, j'avais pensé naïvement que le calvaire s'arrêtait là : on allait me donner un médicament qui calmerait la douleur dans mon ventre, celle qui me pliait en deux de plus en plus souvent, et on me trouverait un lit où m'étendre en attendant qu'un médecin vienne s'assurer que je n'allais pas mourir au bout de mon sang et me dire, peut-être, que tout cela n'était qu'une fausse alerte et qu'on pourrait sauver mon bébé. Mais non. L'infirmière m'a tendu quelques serviettes sanitaires, puis elle a baissé les yeux sur mes jeans. Elle m'a donné un piqué.

– Retournez dans la salle d'attente et assoyez-vous là-dessus.

J'étais tellement sonnée que j'étais retournée m'asseoir sans rien demander. Deux heures plus tard, deux heures pendant lesquelles les crampes avaient été tellement fortes que je ne me dépliais même plus, que je ne pensais même plus à la foule qui me regardait, je l'ai senti. En me levant pour aller aux toilettes pour la millième fois, j'ai senti mon bébé sortir et, avec lui, une vague de fluides avait déferlé. J'étais debout au milieu de l'urgence pleine avec mon tsunami de sang qui s'écoulait jusqu'au plancher, figée sur place. Simon avait bondi de sa petite chaise en plastique bleu, il m'avait traînée jusqu'à une salle de bains et, quand j'avais descendu mes jeans, il était là, minuscule, avec ses bras et ses jambes et sa tête d'extra-terrestre. Notre petit poulet pas cuit. Notre premier enfant. Je l'avais pris dans mes mains, je l'avais caressé du bout du doigt pendant que Simon tirait la sonnette d'urgence, une fois, deux fois, trois fois. L'infirmière du triage était arrivée, Simon l'avait regardée en la suppliant de faire quelque chose, elle nous avait dit de ne pas bouger et nous étions restés suspendus jusqu'à ce qu'elle revienne, avec un bocal et des pinces. Du bout de ses pinces, elle avait pris notre enfant et l'avait mis dans le bocal, puis elle était partie. Je m'étais laissée tomber sur la toilette, Simon regardait le sang par terre avec des yeux ronds, et j'avais eu peur qu'il vomisse.

Le reste de la nuit est flou. La douleur a le don de distendre et de compresser le temps au point où l'on ne sait plus placer les événements les uns par rapport aux autres. Je sais que Simon est sorti des toilettes et est revenu avec un infirmier qui m'a emmenée jusqu'à une civière, avec une petite serviette de bain blanche enroulée autour de ma taille et une autre roulée entre mes jambes, et que je suis restée étendue pendant des heures jusqu'à ce que quelqu'un me roule, au matin, dans un corridor près des salles d'échographie, à cinq mètres de ces couples qui nous ressemblaient, sauf que les femmes avaient des ventres ronds qu'elles caressaient distraitement sous leur jaquette d'hôpital. Je sais que j'ai eu envie de leur arracher les yeux.

Je sais aussi que je me suis enfin retrouvée dans une salle, sur une table, avec un gel froid sur la peau et une sonde qui renvoyait sur l'écran mon ventre vide, et que le gynécologue m'a dit qu'il ne voyait rien. Je lui avais répondu, à travers la brume qui était tombée dans mon cerveau, la seule chose dont j'étais certaine, la chose qu'il me semblait impératif de lui dire pour qu'il puisse corriger la terrible erreur qui avait été commise.

– C'est l'infirmière qui a pris mon bébé.

Le médecin avait eu l'air perplexe, il avait froncé les sourcils et Simon avait essayé de lui expliquer les crampes, le sang, les pinces, le bocal.

Il avait mis sa main sur mon bras.

– Je suis désolé, madame. Il va falloir rentrer chez vous, maintenant.

Je ne sais pas quand exactement la colère est née cette nuit-là. Peut-être quand l'infirmière est partie avec mon enfant dans un bocal ; peut-être quand j'ai vu ces femmes enceintes jusqu'aux yeux dans la salle d'attente. Mais à ce moment-là, quand le gynécologue m'a renvoyée chez moi avec mon ventre vide et mes jeans sanglants et raidis, j'ai su que ma rage allait rester.

Deux jours plus tard, Simon jouait au hockey. Je suis allée assister à son match, même si ça voulait dire me composer un visage présentable pour m'asseoir dans les estrades de l'Aréna. De toute façon, je ne pouvais pas m'imaginer rester seule à la maison pendant toute une soirée, j'allais mieux entourée de monde, ou en tout cas c'était ce que je croyais.

Après la partie, le gardien est venu me voir.

– Félicitations !

– Pour… ?

– Ben, le bébé !

– Ah, ça ! Merci, mais je l'ai perdu avant-hier.

Son visage. Un mélange de stupeur, de gêne et de restant de sourire qui ne sait plus où se mettre.

– Oh. Euh… Désolé ?

J'ai ri.

– C'est pas grave, ça arrive une fois sur cinq.

Dans le fond de mon rire, il y avait quelque chose de mort.

Ça grattait toujours à la porte du sous-sol, ou ça frottait, plutôt, quand je me suis levée, incapable de me rendormir dans mes draps humides et mon oreiller trempé des larmes que j'avais pleurées sans m'en apercevoir, en dormant, en rêvant. Un bruissement, un froissement, des bruits sourds comme si quelque chose était projeté d'un mur à l'autre dans la cage d'escalier, et une sorte de piaillement. J'ai eu un doute. Un écureuil ou un mulot, ça ne fait pas ce genre de tapage-là, et surtout ça ne s'entête pas, ça redescend l'escalier et ça cherche une autre issue plutôt que de s'obstiner à essayer de sortir par le haut.

Il fallait que j'aille voir.

J'ai ramassé un balai dans la cuisine, par précaution, et j'ai ouvert tout doucement la porte, prête à battre en retraite si nécessaire. Rien, que la noirceur de la cage d'escalier, mais un bruit de plumes contre le mur. J'ai ouvert plus grand et c'est là qu'il s'est précipité dans la salle à manger, et que j'ai lâché le balai, surprise. Un tout petit oiseau, à peine long comme ma main, jaune, gris et noir, qui essayait tant bien que mal de voler, mais qui traînait au sol une de ses ailes qui était bizarrement repliée, comme un peu tordue et égratignée, et qui était nerveux, regardait autour de lui en sautillant et en grattant le plancher avec ses petites pattes. Il avait dû entrer par une fenêtre laissée ouverte, c'était l'explication la plus logique, c'était déjà arrivé avec une corneille quand j'avais six ans, et cette fois-là avait été beaucoup plus impressionnante parce que la corneille n'était pas blessée, juste désorientée, et qu'elle donnait des coups d'ailes partout et faisait tomber des bibelots et des livres et des verres par terre. Ce petit moineau-là, peu importe son espèce, était agité et avait peur, mais il était tellement petit et cloué au sol qu'il ne pouvait faire aucun dommage. Si mon père avait été là, il aurait pu l'identifier et me dire quoi faire pour l'aider, mais mon père était dans la jungle et je savais juste que si je le renvoyais dehors dans cet état-là, il ne pourrait aller nulle part et risquait seulement de se faire dévorer.

Cette petite chose vivante, fragile et vulnérable et malade, avait besoin de moi pour la protéger et, pour une fois, je serais à la hauteur.

Je suis restée sans bouger près de lui longtemps, en silence, jusqu'à ce qu'il se calme et me laisse l'approcher, jusqu'à ce qu'il accepte que ma main pouvait être pour lui un refuge et non une menace, un endroit où se reposer plutôt qu'un danger à fuir, et une fois qu'il a été déposé dans le creux de ma paume, j'ai caressé ses plumes doucement, du bout du doigt. Il était quatre heures du matin quand je l'ai installé dans la boîte à chaussures que j'avais trouvée sous mon lit, remplie de vieilles lettres et de photos que j'ai lancées sur mon bureau pour lui faire un petit nid confortable avec un linge à vaisselle.

Demain matin, j'irai chez madame Labelle, elle saura ce que je dois faire pour lui permettre de reprendre des forces et de regagner la forêt. En attendant le soleil, je referme les yeux. Mon oreiller a eu le temps de sécher.

L'oiseau n'a pas bougé de sa boîte pendant mon sommeil, soulagé ou résigné, je ne saurais dire, d'être sous ma garde plutôt que dans la cage d'escalier à tenter de rejoindre l'extérieur. Avant de m'installer pour déjeuner, je lui verse un peu d'eau dans une soucoupe, parce qu'il me semble que c'est quelque chose que les oiseaux font, boire de l'eau dans des soucoupes, ou bien dans des bassins qui ne sont en fait qu'une version surdimensionnée de ma soucoupe, et visiblement je ne me suis pas trompée, il y plonge son petit bec plusieurs fois et piaille un peu comme pour me dire merci. De rien, moineau.

Mon café et ma toast terminés, je ramasse la boîte et je traverse le terrain pour aller chez madame Labelle. Elle saura quoi faire, et sinon, il y aura toujours Google.

Je frappe trois petits coups et j'entre, pour ne pas la faire lever avec ses béquilles.

– Bonjour, c'est Dolores !

– Rentre, mon minou, on est dans le salon !

Et puis une petite voix, presque offusquée :

– C'est qui, ça, Dolores ?

J'arrive dans le salon avec mon oiseau et je tombe face à face avec la petite fille de la maison de Laure, celle qui m'observait par la fenêtre l'autre jour.

– Tiens, salut. C'est moi, Dolores.

Elle me regarde, regarde ma boîte et se retourne vers madame Labelle, l'air insatisfaite de ma réponse.

– C'est ma voisine, chaton, je la gardais quand elle avait ton âge.

Chaton. Je ne suis plus le seul chat de Moreau.

– Comment tu t'appelles ?

Elle me répond en me regardant dans les yeux.

– Olivia. J'habite en face.

– Oui, je sais. Tu habites dans l'ancienne maison de ma meilleure amie. Je suis allée souvent chez toi quand j'étais petite. Est-ce que le passage secret est encore là, dans le sous-sol ?

Les yeux d'Olivia s'agrandissent et son visage s'ouvre.

– Tu connais le passage secret ?

– C'est sûr ! C'est ce que j'aime le plus dans cette maison.

Dans le fond du garde-robe de la chambre au sous-sol, qui servait de bureau au père de Laure, une porte donnait sur ce qu'ils appelaient la chambre à fournaise, mais qui était en fait une grande salle à moitié finie qui jouait à la fois le rôle de débarras, d'établi, de salle de lavage et de chambre froide. Cette pièce avait une autre porte, la porte principale, celle que tout le monde utilisait, mais Laure et moi passions toujours par la porte du garde-robe. Je l'enviais beaucoup d'avoir chez elle un vrai de vrai passage secret.

– Qu'est-ce que t'as dans ta boîte ?

– C'est un oiseau qui s'est blessé en passant par ma cheminée. J'espérais que madame Labelle pourrait m'aider.

– C'est qui, ça?

Madame Labelle éclate de rire.

– C'est moi, chaton!

– Oh, Aline.

C'est drôle. Mes parents ont toujours appelé madame Labelle par son nom de famille et l'ont toujours vouvoyée, parce qu'elle était plus vieille qu'eux, probablement, et il ne m'a jamais même traversé l'esprit de faire autrement. J'ai toujours su qu'elle avait un prénom, évidemment, mais je n'ai jamais considéré que je pouvais l'utiliser, et le naturel avec lequel cette enfant le fait me déconcerte et me fatigue à la fois, sans trop que j'arrive à savoir pourquoi.

– Qu'est-ce qu'il a, l'oiseau?

– Il a une aile blessée, on dirait.

Je tends la boîte à madame Labelle, qui se penche sur mon moineau.

– C'est une paruline triste. Il y en a pas mal dans le coin. On va lui donner un morceau de pomme, pour l'aider à reprendre un peu de force. Elle doit avoir faim. Irais-tu me chercher ça dans la cuisine, mon minou?

Je surprends chez Olivia le même regard que le mien quand je l'ai entendue se faire appeler «chaton», et je ne peux pas m'empêcher d'être un peu satisfaite.

Je choisis une pomme rouge dans le bol à fruits de la cuisine, j'en découpe un morceau, j'enlève la pelure et je le dépose dans la boîte, à côté de la paruline.

– Et maintenant?

– On va désinfecter sa plaie, et je vais appeler le docteur Robillard.

Le docteur Robillard est un vétérinaire de la ville la plus près de Moreau, celui qui a euthanasié mon lapin quand j'avais quinze ans parce qu'il s'était fait frapper par une voiture après s'être échappé dans la rue. Je ne savais même pas qu'il pratiquait encore, il doit avoir dépassé l'âge de la retraite.

Il nous fait promettre de lui amener la paruline aujourd'hui pour qu'il puisse l'examiner. Je me serais passée de ce détour, mais je ne veux pas laisser l'oiseau souffrir.

– Je vais y aller tout de suite. J'irai faire votre épicerie en même temps.

Olivia, qui n'a pas arrêté de caresser ma paruline du bout des doigts, me regarde partir avec la boîte, un peu déçue.

– Tu vas nous donner des nouvelles, hein ?

Elle se mordille la lèvre, et je la devine qui essaie de cacher son inquiétude.

– Promis.

J'ai laissé la paruline triste au docteur Robillard, le temps d'aller faire une commande pour madame Labelle. Elle m'a fait une liste minuscule, comme si elle avait peur de me faire porter trop de sacs, alors une fois ses items déposés dans mon panier, je fais le tour des rangées de l'épicerie une par une, lentement, en attrapant tout ce qui me paraît utile. Je prends aussi des choses inutiles, comme un pot de crème glacée, des caramels, un sac de chips all dressed. Faire l'épicerie est une tâche assez concrète pour absorber mon esprit, mais pas assez complexe pour lui demander un effort. Je ferais l'épicerie pendant mille ans.

Je traîne devant les étalages de bière. Simon se plaignait toujours du manque de choix en région, habitué qu'il était d'avoir son dépanneur spécialisé en microbrasserie au coin de la rue. Je lui répondais toujours que les Morois ne buvaient peut-être pas de bière aux aromates de gin, mais qu'au moins, eux, ils savaient partir un feu avec du bois mouillé. Notre éternel débat ville-région était le plus futile de tous, et je me sentais toujours impostrice, depuis le temps que j'avais quitté mon village pour la métropole. Je donnerais cher aujourd'hui pour retrouver la croyance naïve, celle que j'ai eue longtemps, que ce serait toujours notre pire différend.

Je tourne en rond dans la section des surgelés depuis assez longtemps pour que ce soit suspect quand je me décide à passer à la caisse. J'ai peur que le docteur Robillard m'annonce qu'il devra garder la paruline pour la remettre sur pattes, quand je retournerai à la clinique.

Je n'aurais pas dû m'attacher.

– Quinze deux, quinze quatre, quinze six, sept, huit, et neuf avec le valet.

Madame Labelle avance son pion de neuf points sur le panneau de bois pendant que je brasse les cartes. Derrière elle, les poissons jaunes et bleus s'épivardent dans l'aquarium. Elle prend une gorgée de thé dans sa tasse Tiki, la tasse bleue avec un de ces visages qui me faisaient un peu peur quand j'étais petite. Juste à côté, la paruline se repose dans la boîte que le docteur Robillard m'a prêtée. Il m'a laissée la garder pour la soigner, avec une liste d'instructions et un rendez-vous de suivi pour la semaine prochaine. L'eau du filtre de l'aquarium coule régulièrement comme celle de la rivière qui se déverse dans le lac, au centre du village. Ce bruit, c'est celui qui me ramène à mes huit ans, alors que je regardais la télé ici en mangeant des tranches de pomme et des toasts Melba les samedis après-midi où mes parents allaient au cinéma, en ville. Je distribue les mains en me concentrant sur les cartes à compter. Pendant que je compte, tout va mieux, ou en tout cas, moins mal. On a les apaisements qu'on peut.

– … cinq, cinq, six, et six. Mon cribble.

– T'as été généreuse avec moi, mon minou.

– C'est les dieux des cartes qui ont eu pitié de vous.

On dépose nos cartes dans le cribble, madame Labelle coupe le paquet en riant, je pige. Un valet de pique.

– Deux.

Je déplace mon pion. J'ai une avance spectaculaire. Je n'ai jamais été une personne particulièrement chanceuse, pourtant, et à choisir, ce n'est pas aux cartes que j'utiliserais mes maigres réserves, mais apparemment, ce n'est pas moi qui choisis, et la vie a décidé que ce serait plus drôle de me faire gagner au cribble qu'au jeu de la reproduction de l'espèce. Madame Labelle joue sa première carte.

– Quatre. Ta mère m'a raconté, pour la petite.

– Treize.

– Dix-neuf. Je suis vraiment désolée, mon minou.

– Vingt-sept.

– Vingt-huit.

– Go.

Elle avance son pion et je garde les yeux fixés sur mes cartes.

– Six.

– On est pas obligées d'en parler, si tu veux pas… Douze. Pour deux.

– Quinze pour deux.

Ce n'est pas que je ne veux pas. C'est qu'il n'y a rien à dire. Qu'est-ce qu'on peut bien raconter sur quelqu'un qu'on n'a pas connu et qui ne manquera à personne d'autre qu'à nous ?

– Vingt-cinq.

– Vingt-neuf.

– Trente et un. Mais je voulais juste te dire que j'étais au courant. Si jamais.

– Sept. À vous de scorer.

– J'en ai perdu deux, t'sais.

Je lève les yeux vers elle.

– Une fois à huit semaines et quatre jours. L'autre fois à dix et deux jours. Je suis plus jamais retombée enceinte après.

Je baisse à nouveau les yeux vers ma tasse et je prends une gorgée de thé, du Earl Grey avec un nuage de lait, le même que depuis toujours. Le goût de la bergamote me réconforte, comme une main posée sur ma poitrine, là où un gouffre se creuse un peu plus d'un jour à l'autre depuis trois ans.

J'ai toujours pensé qu'elle n'avait pas eu d'enfant parce qu'elle n'en avait jamais voulu, qu'elle était parfaitement satisfaite de jouer la voisine gâteau et de retrouver sa liberté quand mes parents rentraient. J'étais même convaincue qu'elle regardait d'un œil vaguement désapprobateur cet acharnement que Simon et moi mettions à créer une vie nouvelle qu'il nous faudrait soigner, élever, éduquer et qui nous encombrerait pendant le reste de nos jours en plus de vider nos comptes de banque. J'ai honte, tout à coup, d'avoir tiré des conclusions sans jamais lui avoir posé la question. De l'avoir classée dans le camp des sans-enfant-par-choix plutôt que dans le mien, celui des blessés, des vaincus, des échoueurs. Ça change tout, et pourtant rien à la fois.

– Je suis désolée pour les vôtres aussi. Je savais pas.

– C'est pas vraiment le genre d'affaire qu'on raconte.

C'est vrai. Sur le coup, peut-être, et encore. Personne n'a envie d'entendre ces histoires-là, et tout le monde se détourne ou change de sujet dès qu'on les effleure. Le silence des autres est peut-être pire encore que la perte.

– C'est à vous de scorer.

Madame Labelle pince les lèvres, presque imperceptiblement. Elle me connaît assez bien pour savoir que la discussion est close, pour le moment du moins, jusqu'à ce que je ramène le sujet sur le tapis en sortant de nulle part, éventuellement. Madame Labelle est patiente, elle a tout son temps pour attendre que je vienne à elle, quand le moment sera le bon. Elle sait que je viendrai, et je sais que, quand j'en aurai besoin, elle sera là, tranquillement, au milieu de ses plantes et de ses masques hawaïens.

Elle compte ses points, je compte les miens. Je gagne.

– Voulez-vous que je vous prépare un sandwich pour dîner avant de partir ? Il faut que je travaille, mais j'ai encore un peu de temps.

– T'es ben fine, mon minou.

Elle attrape un livre près du fauteuil, un de sa collection de Maigret dont elle m'a transmis l'amour, pendant que je ramasse nos tasses vides, les cartes et la planche de cribble. Dans la cuisine, j'assemble les tranches de jambon, le pain, le fromage, la laitue et la moutarde que je suis allée acheter pour elle ce matin, je coupe le sandwich en diagonale et j'installe l'assiette sur le plateau-repas du salon, exactement comme elle le faisait pour moi quand j'étais malade un jour d'école et qu'elle me gardait chez elle. Madame Labelle était à la maison, son mari travaillait à la scierie, de longues heures, on ne le voyait pas beaucoup. Il est mort il y a des années, et j'ai toujours soupçonné madame Labelle de s'enchanter de sa vie de veuve, au service de personne sinon d'elle-même, de ses livres et de ses poissons.

Je l'aide à installer un coussin dans son dos, puis je me penche pour lui faire la bise. J'ai la gorge qui se serre un peu sans que je comprenne trop pourquoi quand elle me tapote le dos.

– Merci, mon minou. Tu reviens quand tu veux.

Je lui fais oui de la tête, sans ouvrir la bouche de peur que la boule dans ma gorge remonte jusqu'à mes yeux et qu'un torrent s'en échappe si j'essaie de parler. J'avale ma salive en me rendant jusque dans l'entrée pour essayer de la faire passer, je remets mes chaussures sans les attacher pour ne pas avoir à déposer la boîte de la paruline et, en posant la main sur la poignée de la porte pour sortir, je tourne soudain la tête vers le salon.

– Céleste.

– Pardon ?

– La petite. On l'avait appelée Céleste.

Simon est resté en orbite autour de moi très longtemps avant cette fameuse fois où je l'ai invité à boire un verre. Après la bibliothèque, il m'avait ajoutée sur MSN Messenger, puis quand Facebook était apparu il m'avait ajoutée sur Facebook, et nous nous sommes mis à nous regarder exister de loin, sans jamais faire un geste clair l'un vers l'autre, mais sans pourtant s'éloigner complètement.

Après son bac en histoire de l'art, il avait finalement décidé de s'inscrire en journalisme, lui aussi. Il s'était retrouvé dans la cohorte juste après la mienne et j'avais participé à son initiation, puis on s'était croisés dans les cinq à sept du programme, au local de l'association étudiante, au café étudiant, dans le corridor devant les machines distributrices. Je sentais qu'il essayait de s'approcher, je voyais les perches maladroites qu'il me tendait, mais je ne les attrapais pas, et puis j'avais rencontré quelqu'un d'autre, une autre fille du programme, Marjolaine, avec qui j'étais sortie pendant presque un an.

Simon nous avait croisées en train de nous embrasser dans un coin du pavillon de communication, ce qui lui avait certainement laissé croire que son chien était mort pour toujours, et c'est pour ça, quand les choses ont fini en queue de poisson avec Marjolaine et que Simon et moi avons eu notre premier et seul cours ensemble de toute notre scolarité, j'ai senti, à travers les éclats de mon cœur en miettes, qu'il fallait que je me rapproche de lui, que la balle était dans mon camp, qu'elle était même au fond de ma poche, là où il ne pouvait même pas rêver de l'atteindre, là où il aurait pu croire qu'elle avait disparu. Je sentais ses yeux sur moi, du fond de l'amphithéâtre, je lui lançais des regards de temps à autre, et au bout de quelques semaines, le cœur un peu plus solide, je me suis mise à m'asseoir de plus en plus proche de lui, et à l'examen final je l'ai attendu à côté de la porte jusqu'à ce qu'il ait terminé même si j'avais fini quarante-cinq minutes avant lui, et quand il est enfin sorti je lui ai demandé, en trébuchant un peu sur mes mots, le cœur battant, *qu'est-ce-que-tu-fais-ce-soir-veux-tu-prendre-une-bière-avec-moi.* Il a dit oui comme on dit oui à une amie, pas comme on accepte un rendez-vous galant, alors j'ai ajouté *pour être parfaitement claire, c'est une date.* Il a été surpris, mais dans les plis autour de ses yeux qui me souriaient, je voyais bien qu'il était content.

Ce soir-là, après avoir bu deux pichets de bière dans l'un des mille bars autour de l'université, il m'a raccompagnée jusqu'à mon appartement, je l'ai invité à monter avec moi, et il est resté pour la nuit, puis pour une autre, puis encore une. Huit mois plus tard, on avait emménagé ensemble.

C'est du Simon de cette époque-là que je m'ennuie le plus, aujourd'hui, assise dans la cuisine de la maison de mes parents, le cœur à nouveau en miettes. Cette époque où tout était si facile et où toutes les portes étaient encore ouvertes devant nous, et où nous étions convaincus que nous n'avions qu'à choisir celle par laquelle nous voulions passer pour que tous nos rêves se réalisent.

Ça fait quatre fois que j'écris et que j'efface la même phrase de mon article sur les dessus de comptoir en granit. Mes yeux errent de mon écran à la fenêtre du salon qui me donne une vue imprenable sur Olivia, assise sur le rebord du trottoir devant sa maison, qui laisse tomber des choses dans la bouche d'égout, une roche, puis deux, une cocotte, un bout de bois. Elle se penche pour mieux les regarder disparaître, elle fixe le bout de ses souliers, regarde le ciel, puis laisse tomber une nouvelle roche. Elle a l'air de s'ennuyer ferme, d'un ennui que je n'ai jamais connu quand je vivais ici, parce qu'il y avait Laure, toujours, et que même quand on ne savait plus à quoi jouer, s'ennuyer à deux ce n'est pas comme s'ennuyer seule, il y a le réconfort de l'ennui partagé, et les souvenirs communs à ressasser quand on arrive au bout des ressources du présent et de l'avenir. Olivia vit le drame des rares enfants restants de Moreau, qui n'ont plus personne avec qui jouer parce que tous leurs amis vivent dans la ville voisine, celle où l'autobus scolaire les emmène tous les matins avant de les déposer le soir dans leur village rempli d'adultes qui ont mieux à faire.

Je détourne le regard de la fenêtre pour essayer de me concentrer sur mon article qui n'avance pas, puis je regarde la boîte de la paruline, posée sur la table du salon. J'aurais envie qu'elle reste ainsi, dans sa boîte, pour toujours. J'aurais envie de la guérir mais qu'elle décide de rester avec moi plutôt que de repartir vers le ciel, apprivoisée, attachée, reconnaissante, même, après les soins que je lui aurais prodigués.

Je pose mes yeux sur mon article à nouveau, puis sur Olivia en face, et je me rends à l'évidence : ce n'est pas maintenant que j'écrirai le texte qui révolutionnera le monde de la rénovation de cuisine, alors je jette l'éponge, je vais chercher la boîte de la paruline et je traverse la rue.

– Salut !

Olivia lève la tête vers moi, le nez froncé parce que je suis devant le soleil qui perce à travers les feuilles des arbres, puis elle descend les yeux vers la boîte, et enfin vers ses pieds, à nouveau.

– Salut.

Je m'assois sur le trottoir et dépose la boîte entre nous. Elle lance des petits coups d'œil dans sa direction, par en dessous, mais ne me regarde pas.

– J'aurais besoin d'aide pour changer le bandage de l'oiseau, je me suis dit que tu pourrais peut-être me donner un coup de main. Je veux dire, si t'es pas trop occupée avec les égouts.

Elle rit. J'ai marqué un point.

– Le vétérinaire m'a montré comment, mais ça va mieux à deux.

Elle se tourne vers sa maison.

– Faudrait que je demande à mon père.

– Oui, oui, évidemment.

Elle se lève et court vers les marches de pierres un peu croches qui grimpent le talus jusqu'à l'entrée du bungalow, ouvre la porte et disparaît à l'intérieur en criant *papa*. Au bout d'un moment, je les vois tous les deux se découper dans l'embrasure de la porte, Olivia et son père, qui doit être à peine plus vieux que moi, mais à qui quelque chose de lourd – la fatigue ? l'inquiétude ? – a rajouté quelques années, dans le creux des joues.

– C'est elle, papa. Aline la connaît.

Je sors mon plus beau sourire de voisine inoffensive et je pointe ma maison.

– Salut ! Moi c'est Dolores, on s'est déjà croisés, j'habite en face. Ben, plus vraiment, c'est la maison de mes parents, moi j'habite à Montréal d'habitude, mais là ils sont en voyage et je suis là pour l'été, et… en tout cas. Salut !

Je serre les dents derrière mon sourire en me traitant de conne. Il hoche la tête, me fait un demi-sourire, et je n'arrive pas à déterminer s'il rit de moi ou s'il a de la sympathie pour ma tendance à bafouiller quarante mots quand j'aurais pu m'en tenir à cinq.

– Oui, j'ai rencontré tes parents. Moi, c'est Mathieu.

Sa voix est un peu moqueuse, mais douce.

– Enchantée, Mathieu. Ça, c'est la paruline triste que j'essaie de soigner. Ça serait vraiment pratique si Olivia pouvait m'aider.

Je lui pointe la boîte, il la regarde en haussant les sourcils. Olivia regarde Mathieu. Je crois percevoir une hésitation dans son visage et je pointe ma maison du pouce.

– Je peux aller chercher ce qu'il faut chez nous et ramener ça ici, si tu préfères.

Je n'attends pas sa réponse, je cours chercher l'attirail que le docteur Robillard m'a donné pour prendre soin de l'oiseau et je rapporte tout ça sur le bord du trottoir. Mathieu et Olivia sont toujours debout dans l'embrasure de la porte, en train de faire une guerre de pouces. Olivia est sur le point de gagner.

– On peut s'installer dehors devant la maison.

Mathieu hoche la tête, lâche la main d'Olivia.

– OK. Bon ben, bonne chance avec ça, là !

Il retourne dans la maison en nous faisant salut de la main. À la seconde où la porte se referme, Olivia dévale les marches jusqu'à moi et s'installe sur le trottoir face à la boîte.

– OK, qu'est-ce qu'il faut que je fasse ?

Elle m'écoute d'un air sérieux et appliqué pendant que je répète les consignes du docteur Robillard. La paruline est nerveuse, mais les petites mains d'Olivia la calment, on dirait, la caressant et la manipulant avec une délicatesse que je n'aurai jamais.

– T'es bonne, on dirait que t'as fait ça toute ta vie.

– On avait un oiseau, avant de déménager.

– Ah ! Vous l'avez pas emmené avec vous ?

– Non, on l'a donné à grand-papa et grand-maman, c'était l'oiseau de ma mère.

– Ta mère voulait pas le garder ?

– C'est pas ça. C'est parce qu'elle est morte.

Mes mains arrêtent de s'activer autour de la paruline. Je lève les yeux vers elle.

– Oh. Je suis désolée, Olivia, je savais pas.

Ou peut-être que je savais ? Comme pour la jambe de madame Labelle. Elle continue de caresser l'oiseau sans me regarder.

– C'est correct. Ça fait longtemps.

Je serre les lèvres. J'aurais envie de lui demander ce qui s'est passé, où ils habitaient avant, quelle sorte d'oiseau avait sa mère, mais quelque chose me retient, le fait peut-être qu'on se connaît à peine et que ce n'est pas de mes maudites affaires, et que ma curiosité malsaine d'adulte devrait se retenir de fouiller dans les plaies d'une enfant orpheline qui s'ennuie dans un village perdu avec pour seuls compagnons son père qui doit travailler et une voisine âgée et blessée qui peut tout juste jouer aux cartes avec elle les trop longs après-midi d'été.

– J'aurais aimé ça garder notre oiseau, mais au moins je le vois quand on va chez mes grands-parents.

– Si tu veux, tu pourras m'aider encore avec la paruline.

Elle lève la tête vers moi.

– Pour vrai ?

– Ben oui. Je reviendrai te voir quand ce sera le temps.

– Oh, merci merci merci !

Elle sautille et tape des mains, son visage allumé par une joie qui me tire un sourire vrai, le premier sans doute depuis que je suis arrivée à Moreau.

– Je peux la prendre en photo pour mon album ?

– Si tu veux, oui.

Elle court dans la maison et en ressort avec un petit appareil accroché dans le cou. Elle cadre l'oiseau, appuie sur le déclencheur, et une photo sort de l'appareil.

– Là il faut attendre qu'elle développe.

Olivia s'assoit à côté de la boîte, me montrant l'image qui apparaît lentement. La paruline piaille entre nous deux, et son chant est comme le soleil qui scintille sur le lac à quatre heures au mois d'août. Pendant un moment, assise sur le rebord du trottoir avec elles, je suis bien.

– Il faudrait lui trouver un nom.

– Je sais pas si c'est une bonne idée…

Le docteur Robillard m'a dit que la paruline serait vite guérie et n'accepterait pas de rester en captivité longtemps. Je ne voudrais pas qu'Olivia s'attache trop et ait le cœur brisé quand viendra le temps de la renvoyer dans la nature. Elle n'a pas besoin de ça.

– Ben là, on peut pas juste l'appeler « l'oiseau » ! Je vais trouver quelque chose, tu vas voir. Je suis experte dans les noms.

Mais qui suis-je pour l'en empêcher ? Je lui fais un demi-sourire.

– OK. Je compte sur toi pour lui en trouver un bon.

DEUX

« Ce soir-là, une forêt poussa dans la chambre de Max.
D'abord un arbre, puis deux, puis trois,
des lianes qui pendaient du plafond,
et au lieu des murs, des arbres à perte de vue. »

Maurice Sendak, *Max et les Maximonstres*

Les soirées sont tellement calmes à Moreau que j'entends malgré moi dans ma tête les phrases que j'étouffe avec du bruit depuis des semaines, celles que tous les gens bien intentionnés m'ont dites, écrites, laissée entendre comme s'il s'agissait de mots réconfortants, comme s'ils allaient me faire du bien.

Vous êtes jeunes, vous avez tout votre temps pour en avoir d'autres.

La nature sait ce qu'elle fait. Il n'y a rien qui arrive pour rien.

Vous n'auriez peut-être pas dû en parler à tout le monde, avec votre historique…

J'essaie de lire un roman trouvé dans la bibliothèque de ma chambre, mais c'est peine perdue, aucune histoire ne peut compétitionner avec celle que se raconte en boucle la petite voix dans ma tête, la petite voix a de l'expérience, elle sait crier plus fort que le reste, elle sait quoi dire pour que je l'écoute, pour que je la croie, pour que je m'écroule, aussi, pour que je n'arrive plus à faire quoi que ce soit d'autre que l'entendre même si je sais déjà ce qu'elle va me dire.

Penses-tu que c'est un signe que vous ne devriez pas avoir d'enfants ?

Au moins, elle n'était pas encore née, vous avez pas eu le temps de vous attacher.

La petite voix me connaît comme le fond de sa poche, on pourrait même dire que c'est elle qui m'a fabriquée, c'est elle qui fait le tri parmi tout ce que me disent les gens et qui choisit ce qui a l'air le plus vrai, ce qui fait le plus mal, ce qu'il faudrait décoder, interpréter, supposer, jamais à mon avantage, bien sûr, la petite voix m'amadoue,

La vie est injuste, si d'autres ont réussi, pourquoi pas toi ? puis elle frappe plus fort.

Sûrement parce que tu as fait quelque chose qu'il ne fallait pas.

Et quand je vais trop bien ou que j'essaie de la noyer, elle le sait.

Pourquoi est-ce que tu n'es pas en train de pleurer ? Tu l'as déjà oubliée ?

Je me lève en lançant le livre sur le tapis. Rien à faire. J'ouvre l'armoire du meuble de télé et je plonge dans la collection de CD que j'ai laissée chez mes parents, je tombe sur *What's the Story (Morning Glory) ?* et je monte le volume assez fort pour ne plus entendre la petite voix.

So Sally can wait

Je ne sais pas trop comment ni pourquoi, par un de ces hasards vicieux de la vie sans doute, mais c'est cette chanson que j'ai écoutée en rentrant chez moi la première fois, en arrivant de l'hôpital le ventre vide, et depuis je l'écoute en boucle.

She knows it's too late/As we're walking on by

Chaque fois, j'espère que si je chante assez fort, je finirai par évacuer toute la colère.

My soul slides away/But don't look back in anger/I heard you say

Ça ne marche jamais.

En sonnant à la porte de la maison de Mathieu et Olivia, je ne peux pas m'empêcher de me revoir, enfant puis adolescente, entrer dans cette maison à toute heure du jour et de la nuit, être accueillie par Billy, le lévrier qui venait se frotter le nez sur mes cuisses, puis aller rejoindre Laure dans sa chambre ou dans sa cour après avoir crié un « allô les Gauthier ! » à la ronde.

C'est Mathieu qui vient m'ouvrir. En une fraction de seconde, l'incompréhension puis la reconnaissance passent sur son visage.

– Bonjour !

– Salut ! Je viens voir si Olivia veut m'aider avec la paruline.

– … la paruline ?

– L'oiseau.

– Ah, oui. Ça tombe bien, il serait temps qu'elle décolle de son écran un peu…

Il me dit ça avec un air d'excuse, comme si j'avais la moindre idée du nombre d'heures qu'un enfant de cet âge est censé avoir le droit de passer devant un écran, et comme si j'étais en position d'émettre la moindre opinion sur la manière dont il gère sa fille, moi qui ai passé une partie de la nuit à regarder des DVD de *La vie, la vie* en mangeant des biscuits au chocolat et des chips aux cornichons.

Je le suis jusqu'au salon, qui ne ressemble en rien au salon de Laure si ce n'est que la fenêtre est toujours à la même place, face au fauteuil sur lequel Olivia est étendue avec une console de jeu dans les mains.

– Oli ? T'as de la visite.

Aucune réaction. Elle garde les yeux fixés sur son jeu, les sourcils froncés.

– Olivia ! Je te parle.

– Aaaah ! Shit, papa, je l'avais presque !

Je jette un coup d'œil à Mathieu, qui a l'air amusé.

– Désolé. Je te l'avais dit que c'était dur !

– C'est genre impossible !

– Tu devrais peut-être continuer de jouer à *Zelda*, à la place…

– Non ! Je vais finir par l'avoir.

Je me tourne vers Mathieu.

– Elle joue à quoi ?

– *Celeste.* C'est un jeu super difficile. Je pensais qu'elle se découragerait vite, mais finalement, faut que je la force à s'arrêter pour manger.

Je souris, un peu tristement.

– Je connais, oui. J'ai jamais réussi à le finir.

C'est le jeu qui nous a tenus, Simon et moi, après les deux premières fausses couches. On a passé des soirées, des après-midi, des nuits à jouer à *Celeste*. Jusqu'à notre Céleste. Là, ça n'a plus suffi. Olivia tend la console à son père.

– C'est vraiment beau, comme jeu, mais c'est hyper dur.

– C'est déjà impressionnant que tu joues, je trouve !

– T'es venue parce que c'est l'heure de s'occuper de Madeline ?

– Hein ?

– L'oiseau ! J'ai décidé de l'appeler Madeline, comme la fille dans le jeu. En plus ça rime avec « paruline ».

J'aurais voulu faire dans le symbolisme que je n'aurais pas trouvé mieux.

– T'avais raison, t'es experte en noms. Viens-tu m'aider ?

– Papa, je peux aller chez Dolores ?

– Tant que tu reviens pour dîner.

– OK !

Je regarde Olivia, qui est encore en pyjama, mettre ses chaussures. Je lève un sourcil, mais Mathieu est déjà reparti vers la cuisine. Tant pis. Ce n'est pas comme si je n'étais jamais allée faire l'épicerie en pyjama.

On traverse jusque chez moi et Madeline l'oiseau nous accueille dans ma chambre en piaillant de toutes ses forces. Elle prend vite du mieux, quand même, le docteur Robillard avait raison. Olivia attrape la pâtée d'insectes sur mon bureau et en met dans le fond de la boîte, juste à côté de son bec, Madeline picore dedans avec appétit et se laisse caresser la tête. Puis, pendant que je défais son bandage, Olivia soupire.

– J'aurais aimé ça, rester dans notre ancienne maison.

– J'imagine, oui. C'est pas facile, déménager.

Je commence à nettoyer la plaie pendant qu'Olivia tient Madeline. Elle se débat déjà moins que les premières fois, comme si elle savait qu'on essaie de l'aider.

– Papa dit qu'il y avait trop de mauvais souvenirs dedans.

– Il a bien choisi votre nouvelle maison, en tout cas. Celle-là est pleine de beaux souvenirs.

– Ah oui ?

– Oui. Je suis allée jouer dans votre maison souvent quand j'étais petite et c'était toujours joyeux. Il y avait une petite fille comme toi qui s'appelait Laure, un petit garçon qui s'appelait Marcus, leurs parents et leur chien Billy.

– Pourquoi ils sont partis?

– Laure et Marcus sont devenus grands. Laure est partie étudier à Toronto, Marcus est allé à Québec, et leurs parents ont fini par trouver que la maison était trop grande, je pense.

– Et Billy?

– Il vit avec Marcus. C'est un très vieux chien, maintenant.

– Il va mourir bientôt?

– Peut-être, oui.

– Est-ce qu'il va être malade avant?

– Je sais pas. Pas nécessairement. Peut-être qu'il va juste mourir dans son sommeil, aussi.

– Ma maman, elle a été malade avant de mourir. Ben, je m'en rappelle pas vraiment parce que j'avais juste quatre ans, mais c'est ça que papa m'a dit.

Ma gorge se serre un peu. Je dépose Madeline dans le fond de la boîte et me tourne vers Olivia.

– Ça arrive, oui, d'être malade avant de mourir. Elle était jeune pour mourir, ta maman.

– J'ai plein de photos d'elle dans mon album, je trouve pas qu'elle a l'air si jeune que ça. Ben, plus jeune qu'Aline, quand même. Mais elle a pas l'air d'une adolescente.

Je souris. À huit ans, je trouvais moi aussi que les trentenaires étaient des personnes âgées.

– Non, mais je veux dire que souvent, les gens meurent quand ils sont très vieux.

Ou pas encore nés.

– Elle s'appelait comment, ta maman?

– Ariane. Papa dit qu'elle était vraiment drôle. Je me rappelle que ses cheveux me chatouillaient beaucoup quand elle me faisait des bisous.

– C'est un beau souvenir, ça.

– Papa s'ennuie d'elle, je pense.

– C'est normal. Il l'aimait beaucoup. Mais tu sais quoi ?

– Quoi ?

– Je pense que la maison va l'aider.

– Comment ça ?

Je m'approche d'elle et baisse la voix.

– Les maisons à Moreau sont magiques.

Elle ouvre des yeux ronds comme des boutons.

– Pour vrai ?

– Juré. Elles aident toujours à se sentir mieux.

– Toi, est-ce que c'est pour te sentir mieux que t'es venue ici ?

– On peut dire ça, oui. Comme ton papa.

– Ça a pas l'air de marcher.

– Faut juste être patiente. Tu vas voir.

Olivia baisse les yeux, fait la moue.

– Ouin... Faut que j'aille aux toilettes.

Et juste comme ça, elle se lève, sort de la chambre en vitesse et disparaît.

Je reste immobile un instant. Est-ce que j'ai dit quelque chose ? Est-ce qu'elle considère seulement que la conversation est terminée ?

Je hausse les sourcils, secoue la tête et me retourne vers Madeline.

– As-tu compris quelque chose, toi ?

Madeline piaille.

– Ouin, moi non plus...

Je termine seule de changer son bandage, je range la pâtée d'insectes et, quand je referme le couvercle troué de la boîte, Olivia n'est toujours pas revenue. Je fronce les sourcils.

– Olivia ?

Pas de réponse. L'espace d'un instant, je l'imagine en boule dans la salle de bains, en train de se cacher pour sangloter, et je me sens à la fois coupable et contrariée. Comment est-ce que je suis censée gérer ça, une enfant de huit ans qui pleure parce qu'elle s'ennuie de sa mère ? Je sors de la chambre.

– Olivia ? Ça va ?

– Oui oui !

La voix est lointaine. Elle ne vient pas des toilettes.

– T'es où ?

J'arrive dans la salle à manger et je vois la porte du sous-sol ouverte. Je m'avance vers l'escalier, mais je m'arrête d'un coup sec en arrivant à la porte. Mon cœur s'accélère.

– Olivia ?

– Je suis en bas !

Ma poitrine se serre et me brûle, tout à coup, on dirait qu'une énorme boule est coincée dans ma gorge et que mon estomac se crispe. J'ai l'impression que l'air que je respire de plus en plus vite ne se rend pas jusqu'à mon cerveau.

– Remonte.

– Oui, oui, minute !

– Tout de suite !

J'essaie d'avaler ma salive, mais c'est comme si ma bouche était remplie de terre. Olivia, souriante, apparaît en bas des marches et les remonte tranquillement.

– Il est cool, ton sous-sol !

– Qu'est-ce que tu faisais là ?

– Inquiète-toi pas, je me suis juste trompée de porte en cherchant les toilettes.

J'explose.

– T'avais rien à faire en bas ! T'aurais dû refermer la porte en voyant l'escalier, c'était clair que c'était pas les toilettes !

Son sourire tombe et ses yeux se remplissent d'eau.

– Mais…

– Je m'en fous. Va-t'en. Sors de chez nous !

Elle me regarde une seconde, immobile à part pour une larme qui coule sur sa joue, puis elle court vers la porte, la claque et traverse en courant jusque chez elle sans se retourner. Je ferme la porte du sous-sol et je retourne dans ma chambre, en boule sur mon lit à côté de Madeline, pleurant moi aussi.

C'est seulement à la fin de la nuit, après avoir passé une journée à paniquer et palpiter et vaciller, que mon corps s'est éteint, que mes yeux se sont fermés et que j'ai sombré pendant quelques heures dans un état plus proche de l'évanouissement que du sommeil.

Je me réveille au matin en pleurant encore. Entre les sanglots, mon esprit s'est vidé et je n'arrive plus à penser à rien d'autre qu'à cette envie que je ressens dans ma poitrine, irradiant dans tous mes membres, cette envie de prendre mon téléphone et de l'appeler, là, tout de suite.

Simon me manque.

Le Simon d'avant elle, d'avant eux, en fait, avant que nous soyons consumés tout entiers par nos espoirs et nos peines, par la colère et par l'incompréhension qui nous ont menés à des kilomètres l'un de l'autre, moi à me replier dans nos quartiers pour lécher mes plaies et lui à les fuir dans des projets jamais achevés, comme si ma simple vue lui rappelait ce qu'il voulait oublier alors que j'essayais si fort, moi, de m'en souvenir, alors qu'il n'y avait rien, pas de souvenirs, pas de mémoire, pas de passé, à part quelques coups sous ma peau et des images indéchiffrables sur un écran en noir et blanc. J'avais tellement peur de les oublier, mais je n'avais rien à me rappeler.

De Simon, j'ai des milliers de souvenirs, mais ils me semblent dater d'une autre vie. Entre les cris qui ont accompagné son départ à elle, à l'hôpital, et ceux qui ont précédé mon départ pour Moreau, c'est comme si nous nous étions mis sur pause pour continuer d'exister chacun de notre côté, dans des univers parallèles qui s'étaient rejoints juste assez longtemps pour que tout explose, avant de se séparer à nouveau.

Je me demande ce qu'il fait, où il est, dans sa réalité à lui, j'ai envie de le texter pour le lui demander, mais quelque chose me retient. J'imagine que c'est une bonne chose. J'écrirais à un souvenir, au Simon qui m'écrivait des lettres au verso des napperons de restaurant et venait les glisser dans ma boîte aux lettres, avant qu'on habite ensemble, au Simon qui prenait en photo les oiseaux à la mangeoire que nous avions installée pour que je puisse les voir même si j'étais sortie. Le Simon qui me dévorait des yeux de loin, dans un amphithéâtre de l'université, et à qui j'envoyais des regards de biais quand quelqu'un posait une interminable question arrogante. Je m'ennuie de ce Simon-là, mais il n'existe plus. De toute façon, je ne suis plus celle qui l'avait invité à prendre un verre après l'examen. Cette Dolores-là non plus n'existe plus, elle s'est égarée quelque part en chemin.

J'ai eu si souvent l'impression de m'être perdue, mais je ne sais pas si j'ai déjà su où j'étais. Peut-être que ma vie n'a été qu'une suite de longs égarements qui ont fini par me ramener jusqu'ici, à Moreau, dans cette chambre que je n'ai jamais vraiment quittée.

Dans le salon, un téléphone sonne, pas le mien, mais celui de mes parents qui, eux, ont toujours une ligne fixe. Je me lève d'un coup, ma vision se remplit de points noirs et je fige au milieu de ma chambre en attendant que tout s'éclaircisse. Ma tête me fait mal et mes yeux chauffent. Je me dépêche d'atteindre le téléphone avant que le répondeur à cassette s'enclenche et, quand je réponds, ma voix a l'air de provenir du fond de ma cage thoracique.

– Allô ?

– Salut mon minou. Comment tu vas ?

– Euh, ça va… vous ?

– Je m'ennuie. Viendrais-tu faire une petite partie de cartes avec moi cet avant-midi ?

J'ai du travail, mais je ne peux rien refuser à madame Labelle.

– Oui oui, donnez-moi le temps de déjeuner et j'arrive.

Quand j'ai accepté l'invitation de madame Labelle, je pensais qu'on jouerait toutes les deux au cribble, comme d'habitude, et que je pourrais faire semblant que je n'étais pas la plus horrible personne de l'univers pendant quelques heures, le genre de personne qui crie après un enfant vulnérable pour une niaiserie, mais en mettant les pieds dans le salon, je suis tombée face à face avec Olivia, qui s'est retournée d'un coup sec et a disparu dans la cuisine. Tant pis pour mon déni. Il semble qu'on jouera au paquet voleur et que je devrai faire face aux débris de mon explosion.

Olivia entreprend de nourrir les poissons pendant que je sors le paquet de cartes. Madame Labelle fait semblant de rien, mais je sais qu'elle a vu Olivia sortir en courant de chez moi hier, puis qu'Olivia a dû lui raconter tout à l'heure que j'avais hurlé pour rien, et qu'elle doit se dire maintenant que je suis incapable de gérer mes émotions et que c'est une bonne chose, finalement, que je n'aie pas d'enfant à moi. Elle a probablement raison. Et j'imagine qu'elle m'a appelée pour me donner une chance de m'excuser, pour qu'on se réconcilie, Olivia et moi. Je ne demande pas mieux, mais je me doute bien qu'Olivia ne veut plus rien savoir de moi. C'est mieux comme ça, de toute façon. Je ne suis pas venue à Moreau pour faire du gardiennage.

J'ai apporté la boîte de Madeline avec moi. Il me semble qu'elle est plus heureuse ici au milieu des plantes et des poissons que dans ma chambre chez mes parents, et puis je ne peux pas me résoudre à la laisser seule, pas même une heure, de peur qu'il lui arrive quelque chose, je ne sais pas quoi – alors je la transporte partout avec moi, même d'une pièce à l'autre dans la maison. Où je vais, elle va, et c'est comme ça.

Madame Labelle verse trois limonades dans ses tasses Tiki bleues et je distribue les cartes. Simon m'a appris à brasser avec toutes sortes de manœuvres complexes et impressionnantes, mais je n'ai pas l'énergie de battre mon paquet comme une professionnelle et j'y vais mollement. Je n'ai même pas envie de faire semblant de fonctionner.

Quelques tours de pige et de vol passent dans les piaillements de Madeline sans qu'on dise rien, à part « à toi » ou « donne-moi ton paquet », quand madame Labelle me lance, comme en passant :

– Olivia m'a dit qu'elle avait vu la barre de ballet, dans le sous-sol chez vous ?

– Ça se peut, oui.

Je pige une carte et garde les yeux sur ma main. Au-dessus de mes cartes, je vois Olivia qui fixe la table comme si elle s'attendait à se faire réprimander, encore, et mon cœur chavire un peu. C'est mon signal. J'ouvre la bouche pour lui dire que je suis désolée pour hier, mais madame Labelle se tourne vers elle avec un air mystérieux.

– Tu sais que Dolores est une ballerine ?

Les yeux d'Olivia s'arrondissent et se lèvent vers moi.

– Pour de vrai ? Pourquoi tu me l'as pas dit ?

– Euh, parce que ça fait des années que j'ai pas dansé.

– Comment ça ?

Je regarde madame Labelle en pinçant les lèvres. Elle a un petit sourire malicieux.

– Je me suis blessée et j'ai arrêté.

– Je faisais du ballet avant, moi aussi ! Mais plus maintenant.

– Bon, faque on est pareilles. Des anciennes ballerines.

– T'ennuies-tu de danser ?

– Joue, Olivia, c'est à toi.

Je ne comprends pas où s'en va madame Labelle avec tout ça. Elle sait très bien que le ballet n'existe plus dans ma vie, que depuis mon accident, je n'ai plus voulu en entendre parler, et elle a toujours respecté ce silence jusqu'à aujourd'hui – alors pourquoi est-ce qu'elle me lance ça aujourd'hui, devant Olivia, pourquoi est-ce qu'elle me coince dans un coin ? Est-ce que c'est sa façon de me punir ?

Olivia se lève et fait un pas chassé à travers le salon, puis une pirouette, et atterrit périlleusement en quatrième position.

– Moi je m'ennuie de danser. J'aimais vraiment ça, mais papa dit que ça coûte trop cher, et en plus il faudrait aller jusqu'en ville et c'est trop loin.

– La barre, chez Dolores… Peut-être que si tu lui demandes gentiment, elle te laisserait l'utiliser.

Ah, c'est donc ça, son plan. Olivia, qui n'a rien remarqué des dards que lancent mes yeux, me fait un grand sourire et papillonne des paupières en ouvrant grand les yeux comme Bambi.

– Dolores, est-ce que je pourrais utiliser la barre dans ton sous-sol, s'il te plaaaaît ? Je te promets que je vais toujours demander la permission avant.

Je me mords l'intérieur des joues. Je n'ai pas envie de dire oui, mais je ne peux pas lui dire non. Je soupire.

– OK.

Elle tape des mains et sautille jusqu'à moi pour m'entourer de ses petits bras.

– Oh merci merci merci!

– Mais tu iras toute seule, moi je danse plus.

– Pfff, t'es plate.

– Je le sais. Joue donc, là.

J'ai encore passé la nuit devant la télé. Cette fois, j'ai regardé trois *Contes pour tous* jusqu'à ce que je m'endorme au son de la flûte de Daphné. Je me suis réveillée avec le soleil, le cou raidi de trop d'heures sur le fauteuil.

J'en suis à mon troisième café et, au-dessus de l'écran de mon ordinateur, je vois Olivia par la fenêtre, léotard et collants noirs, jupe rose, chignon bien lisse et chaussons dans la main, sortir de sa maison avec quelque chose sous le bras, comme un gros livre, et sa caméra autour du cou. Elle descend les marches de pierre sur son terrain, traverse la rue et la pelouse indisciplinée de mes parents en sautillant. Au moment pile où elle sonne, j'ouvre la porte. Elle a un mouvement de surprise.

– Comment t'as su que j'allais sonner ?

– Aaah, mystère ! Tu viens danser dans mon sous-sol ?

– Je peux ?

– Ben oui, tu peux, je te l'ai déjà dit. Mais toute seule !

– Oui, oui, toute seule. Mais avant, est-ce que je pourrais te prendre en photo pour mon album ?

Je lève un sourcil.

– Moi ? Pourquoi ?

– Je prends en photo tous les gens que je veux pas oublier.

Mon cœur se tord comme une guenille.

– Oh… Oui oui, tu peux… Mais, Olivia, écoute, je suis vraiment désolée pour avant-hier. J'aurais pas dû crier.

– Oh, ça va, je suis habituée. C'est parce que t'as de la peine. Papa aussi, il se fâchait souvent parce qu'il avait de la peine, avant.

La guenille qui me tient lieu de cœur se déchire en mille morceaux et je retiens une envie de la serrer dans mes bras.

Elle lève sa caméra vers moi.

– Souris !

J'essaie de lui faire un visage joyeux malgré mon cœur tordu et déchiré, le flash se déclenche. Olivia dépose la photo sur la table de la salle à manger pour la laisser se développer et ouvre l'album vers le milieu.

– Regarde. Ça, c'est Madeline. Ça, c'est Aline. Ça, c'est papa, et ma professeure, et mes amies à l'école où j'allais avant, et mes grands-parents, et l'oiseau de maman, et ma prof de ballet. Et ça…

Elle tourne les pages de l'album à reculons pour arriver au début. Les photos sont différentes de celles qu'elle prend avec son appareil, plus grosses, plus claires.

– Ça, c'est maman. Avec moi quand j'étais petite.

Ariane sourit, une Olivia d'environ deux ans sur les genoux, assise sur une chaise de jardin. D'autres photos d'elle précèdent celle-là, avec Olivia bébé, avec Mathieu, enceinte, et plus jeune aussi, en train de danser au milieu d'autres personnes dans un salon, et avec ce que je présume être ses parents.

– Tu lui ressembles.

– Papa dit tout le temps ça, mais je trouve pas. Elle avait pas les cheveux bruns comme moi.

– Non, mais vous avez le même sourire.

Olivia sourit pensivement en regardant les images.

– J'aimerais ça, me rappeler d'elle. De ce qu'on faisait ensemble.

– Tu te souviens de rien du tout ?

– Juste un peu… Mais c'est comme s'il y avait pas assez de place dans ma tête pour garder tous les souvenirs, ceux d'avant et les nouveaux. C'est pour ça que j'ai commencé mon album. Comme ça, j'oublierai jamais rien.

Elle relève la tête et sautille jusqu'à la table de la salle à manger.

– La photo est prête !

Elle glisse la photo de moi dans l'album et je me dis qu'il faudra qu'on en fasse une autre, pour que le seul souvenir qu'elle garde de moi ne soit pas ce visage défait aux yeux tristes qui essaie de sourire.

Les souvenirs de Céleste sont si peu nombreux que je ne peux pas me permettre d'en égarer un seul. Ils sont ma seule preuve tangible de son existence, eux et les photos prises à l'hôpital, ces photos d'elle enroulée dans une couverture, dans mes bras, les yeux fermés, le visage froid. Je n'ai pas osé les regarder encore, pour ne pas remplacer le souvenir de son visage qui me poursuit encore par le souvenir des photos. Olivia fixe sa mémoire dans un album pour qu'elle ne lui échappe pas, mais j'ai peur d'emprisonner mes souvenirs dans les images et dans les mots.

Il me semble que chaque fois que je raconte un souvenir, il devient un peu plus récit et un peu moins mémoire, et que tout ce qui ne se raconte pas, les sons, les sensations, tout cela disparaît progressivement au profit des mots, jusqu'à ce que tout ce que je finisse par me rappeler soit le récit du souvenir, et non le souvenir lui-même. J'ai peur de raconter Céleste, son existence courte, les petites caresses qu'elle faisait dans mon ventre comme les ailes d'un papillon, sa naissance et sa mort emmêlées, j'ai peur qu'elle disparaisse une seconde fois dans les mots. Je sais justement que c'est un piège, et qu'on peut y perdre autant qu'y gagner. J'ai oublié tant de choses en essayant de transformer ma vie en un tout cohérent. Je ne peux pas oublier celle-là, je ne me le pardonnerais pas.

Comme promis, Olivia est allée seule au sous-sol et n'a rien demandé, mais de la savoir là m'a empêchée d'écrire le moindre mot intelligent sur les comptoirs de granit. Et même maintenant qu'elle est partie, mon pied tape encore nerveusement sous la table et mes doigts pianotent sur la table alors qu'aucune phrase ne se forme dans ma tête.

Je finis par jeter l'éponge et ouvrir mon téléphone. Sur mon fil, rien de neuf d'abord, les partages d'articles, de photos et de mèmes habituels, et puis Marjolaine, mon ex de l'université, qui annonce via une photo d'échographie qu'elle est enceinte de son premier enfant. Brutalement, la pointe s'enfonce dans mon ventre et le traverse de bord en bord, j'ai le souffle coupé et mes yeux se remplissent d'eau. Je lis les premiers commentaires, sans doute parce que j'aime me torturer, *je suis tellement content pour vous*, *félicitations*, *je t'embrasse*, *quelle belle nouvelle*, je veux vomir, j'attrape ma souris et je clique sur « Bloquer » pendant que les larmes coulent sur mes joues et que je me traite de tous les noms parce que j'entends la petite voix souhaiter qu'elle perde son bébé pour que ça lui fasse ravaler sa joie indécente qui me donne envie de crier.

La petite voix dans ma tête qui dit *c'est injuste, si tu n'as pas de bébé, personne n'aura le droit d'en avoir*, je la déteste et pourtant c'est cette espèce de pensée magique qui m'a permis de survivre jusqu'ici, de me faire croire que j'étais correcte, que j'allais passer à travers. Je n'avais pas prévu que, pour y arriver, il faudrait que je n'entende plus jamais personne me parler de bébé, que je ne voie plus un seul article pour bébé et que personne, surtout, personne ne tombe enceinte.

C'est sans doute pour ça que je suis venue ici, jusqu'à Moreau, là où personne ne vient mettre au monde de nouveaux enfants, là où il n'y a pratiquement que des vieux, là où personne ne sait que j'ai été trois fois la mère de quelqu'un. Personne sauf madame Labelle, peut-être. Et je me disais que tant que je n'ouvrirais pas la porte du sous-sol, je serais à l'abri, ici. Je n'avais pas prévu Olivia, certes, ni la paruline, et j'avais laissé tomber ma vigilance en m'imaginant que ça ne pouvait pas me sauter au visage sur Facebook, voyons, mes amis n'ont pas de bébés, mes cousines se sont reproduites il y a assez longtemps pour que ça fasse partie de ma normalité et personne ne projette de devenir mère avant moi dans mon entourage. Personne, visiblement, sauf Marjolaine et sa blonde que je n'avais jamais rencontrée. Cette idée, aussi, de vouloir garder contact avec mon ex.

Et ce qui me lacère encore plus, c'est la petite voix qui me souffle *et si*, et si j'étais restée avec elle, et si j'avais été avec une autre fille au lieu d'avec Simon, et si c'était cette fille qui avait porté mes enfants au lieu de mon ventre inapte, aujourd'hui je serais la mère de quelqu'un de vivant au lieu de collectionner les morts.

J'ai envie de lancer le téléphone au bout de mes bras, et juste comme j'amorce un mouvement que j'aurais regretté parce que le magasin le plus proche pour faire réparer un écran fissuré est à plusieurs dizaines de kilomètres, un bruit m'arrête, comme un gros coup de vent derrière la porte du sous-sol. Instinctivement, je tourne la tête vers Madeline, qui est toujours dans sa boîte, immobile. Par la fenêtre, je vois les branches des peupliers qui s'agitent, il vente, mais pas assez pour qu'on entende siffler par la cheminée du sous-sol. Je m'approche de la porte qui mène à la cage d'escalier et j'y colle l'oreille. Derrière, ça souffle toujours, comme un ruissellement dans les feuilles des arbres, probablement à travers la fenêtre ouverte qui a laissé entrer Madeline. Il va falloir que je descende.

– Ostie.

Je soupire, ouvre la porte et m'enfonce dans le gouffre sombre de la cage d'escalier, jusqu'à atteindre la chaînette de l'ampoule. Sur le plafond incliné vers le sous-sol, mon père, qui se trouvait sans doute drôle, a peint une grosse flèche rouge qui pointe vers le bas. Il m'en avait parlé, mais je ne l'avais jamais vue, je n'avais pas mis les pieds dans le sous-sol depuis trop longtemps, et aujourd'hui j'ai l'impression que cette flèche s'adresse à moi, *par là*, dit-elle, mais j'ai peur de m'égarer si je la suis.

Le vent souffle toujours. Je serre la main sur la rampe en me répétant que ça prendra deux minutes, que je n'aurai qu'à inspecter les fenêtres et rien d'autre, que tout ira bien, et je finis par atteindre le bas de l'escalier, juste sous la grosse flèche. Je me tourne vers la salle familiale, lentement, et je pousse un soupir de soulagement. Il n'y a que le vieux divan gris et les bibliothèques, rien de ce que je redoutais d'y trouver, ce qui veut dire que tout ça est rangé *ailleurs,* dans le placard sous l'escalier, probablement. Je n'ai pas besoin d'ouvrir ce placard, ni même de m'en approcher. J'ignore la barre de ballet qui est toujours fixée au mur du fond et je fais le tour des fenêtres, qui sont toutes fermées et barrées. Je fronce les sourcils.

Par terre, près de la porte du placard, le prélart est couvert de feuilles et de brindilles.

La deuxième fois qu'on a perdu un bébé, quand j'étais entrée dans le petit bureau du triage, l'infirmière n'avait même pas levé les yeux de son écran en me disant de m'asseoir. Ma voix était étranglée, je pleurais sans arrêt, mais j'avais quand même réussi à aligner quatre ou cinq mots pour répondre à ses questions. Enceinte, huit semaines, saignements. Elle m'avait finalement regardée.

– C'était une grossesse désirée ?

Tout ce que j'étais arrivée à penser, c'était : « Si je m'étais autoavortée avec des broches à tricoter, penses-tu que je pleurerais comme ça, sombre idiote ? » Simon avait vu l'éclair dans mon œil et avait répondu à ma place en mettant sa main sur mon poignet.

– Oui.

Un soupir fatigué, limite exaspéré.

– Vous feriez mieux d'aller saigner chez vous, madame. Si vous êtes pour le perdre, y a rien à faire.

Je l'avais vue de mon siège écrire « P4 ». Je n'étais pas une priorité, j'allais attendre des heures et perdre mon bébé dans les toilettes, encore, peut-être même sur une toilette automatique qui l'avalerait sans que j'aie le temps de le voir. J'allais refaire tout le manège, les allers-retours en pleurant devant la salle d'attente médusée, les crampes qui coupent le souffle, le sang, l'échographie à côté des femmes enceintes rayonnantes comme dans une annonce de pharmacie, et ils allaient s'en foutre. Ils allaient me traiter comme si j'étais venue à l'urgence pour un gros rhume. *Vous feriez mieux d'aller tousser chez vous, madame. Si vous êtes pour être malade, y a rien à faire.* Il y avait des maudites limites.

– Qu'est-ce que vous faites ?

– Je prends votre nom en note, pour ma plainte.

Après la première fois, j'étais sous le choc. Je n'avais rien fait, à part m'occuper de moi comme j'avais pu. Mais cette fois-là, il n'était pas question que je me laisse traiter comme un torchon sans réagir. J'avais ramassé mes affaires et j'étais sortie en claquant la porte du triage, Simon à ma traîne qui ne savait pas quoi dire. Simon ne savait jamais quoi dire.

Après la première fois, j'avais pensé que j'avais été malchanceuse. Un cas isolé. J'étais tombée sur des gens fatigués, surmenés, ou carrément en fin de carrière, devenus trop blasés pour avoir de l'empathie. Et puis il y a eu la deuxième fois, et je n'étais plus sous le choc, je n'étais plus que furie.

Le silence des autres était encore plus lourd cette fois-là, comme si c'était devenu normal, comme si on aurait dû être habitués, après la première fois, alors on n'avait plus besoin de réconfort, de sollicitude, ou même de douceur. Il faut dire qu'on avait gardé le secret, parce qu'on nous avait bien fait sentir que les premiers mois, ça ne compte pas, comme si le bébé n'existait pas vraiment, alors il fallait le cacher, et ça nous forçait encore davantage à vivre notre peine seuls, alors que j'avais besoin d'en parler, et de crier, et de frapper jusqu'à m'écrouler. J'ai commencé à nager, parce qu'il fallait faire quelque chose de cette rage avant qu'elle me dévore tout entière. Simon, lui, s'est mis à travailler plus tard, plus souvent, à sortir avec ses collègues pendant que j'étais à la piscine.

C'est après la deuxième fois que j'ai commencé à chercher. J'aurais voulu quelque chose à faire, un rite, quelque chose pour combler le vide laissé par ces bébés disparus, mais on ne fait pas de funérailles à un fœtus de huit semaines, ni même de douze. Pas ici, du moins. J'ai découvert le *mizuko kuyō*, une cérémonie à la mémoire du fœtus, au Japon, et les statuettes de Jizō, qui protègent les voyageurs, les femmes enceintes et les enfants, et plus particulièrement l'âme des fœtus ou des enfants morts trop jeunes. Les parents orphelins les habillent pour que leur enfant, dans l'au-delà, n'ait pas froid. J'aurais voulu pouvoir habiller une statuette pour tenir mes bébés au chaud, mais personne ne fait ça, ici. Ici, les fœtus disparaissent dans les limbes ou dans les bocaux des infirmières, et il n'y a même pas de nom pour désigner leurs parents, qui n'en sont pas vraiment aux yeux des autres. Ici, il faudrait oublier jusqu'à leur existence pour ne pas rendre tout le monde mal à l'aise.

En remontant du sous-sol, je vois sur mon téléphone qu'un texto de Simon a réussi à faire son chemin jusqu'ici.

« T'es où ? »

Il doit s'en douter, mais je ne lui dirai pas, pas maintenant, en tout cas. J'éteins mon téléphone et je me laisse tomber sur le divan.

Je me suis demandé souvent si on n'avait pas perdu Céleste parce que j'avais eu peur de l'aimer, peur de m'attacher à elle, après avoir vu les deux autres nous quitter, parce que je sentais qu'il fallait que je me protège le cœur, et l'anxiété prenait le dessus sur l'espoir malgré moi, je n'arrivais pas à célébrer, je me disais *je l'aimerai quand je l'aurai dans les bras*, mais paradoxalement j'ai l'impression d'avoir gaspillé les seuls instants où j'aurais pu l'aimer vivante dans mon ventre plutôt que d'aimer un fantôme, ou le souvenir d'un corps trop petit devenu froid dans mes bras malgré la couverture de laine et la minuscule tuque que la mère de Simon avait tricotées pour elle. Je n'ai jamais pu l'aimer dans sa vigueur, celle qui chatouille le ventre de l'intérieur, je suis restée à distance, et pourtant il me semble que je n'ai pas moins mal aujourd'hui que si je l'avais aimée à corps perdu dès la première seconde. J'ai voulu protéger mon cœur et j'ai seulement forcé le sien à s'arrêter, à ma peine s'ajoute cette certitude que si j'avais su l'accueillir mieux, elle serait restée et nous aurait choisis.

Chaque fois que j'ai nommé à voix haute cette culpabilité qui m'écorchait l'intérieur, Simon s'est fâché. Il était incapable de supporter que je me tienne responsable et ça le mettait dans une rage qui me paralysait, me poussait à disparaître au fond de notre lit pendant des heures après qu'il avait claqué la porte pour aller crier dehors. *Arrête*, qu'il disait, *arrête de dire que c'est à cause de toi, ce n'est pas toi, ça ne peut pas être toi, on ne survivra pas si tu réussis à me convaincre que c'est de ta faute.* J'ai arrêté de lui en parler, mais pas de le penser. Sauf la fois, la dernière, où j'ai fini par répondre *eh bien voilà, on ne survit pas, je m'en vais, j'en peux plus.* Cette fois où j'ai fait ma valise pour m'enfuir ici.

Ça avait commencé comme n'importe quelle autre discussion, par une niaiserie, par lui qui me demandait de sortir boire un verre avec lui et moi qui refusais pour la énième fois, et lui qui se fâchait en disant qu'il fallait qu'on continue à vivre, qu'on était encore vivants, nous, qu'on ne pouvait pas juste s'effondrer sur place et se laisser mourir avec elle.

Et alors je lui ai dit qu'il pouvait peut-être continuer à vivre, lui, vu que ce n'était pas de sa faute si on en était rendus là, mais que moi je ne pouvais pas, je n'avais pas le droit. Il a explosé, j'ai hurlé en retour, et après une heure de cris et de pleurs, j'ai fini par faire ma valise en oubliant d'emporter des sous-vêtements.

Je me relève et range le téléphone dans un tiroir pour ne plus le voir. Je vais me faire couler un bain.

– Dolores ?

Olivia m'appelle du sous-sol. Je lève les yeux de mon article. Je suis presque prête à l'envoyer au client, enfin, après avoir passé une partie de la nuit dernière à travailler dessus, mais ce n'est pas une véritable délivrance parce qu'après ce texte en vient un autre, une entrevue avec un entrepreneur en portes et fenêtres, cette fois, qui sera tout aussi périssante d'ennui.

– Quoi ?

– Peux-tu venir ?

Mon cœur s'accélère, je prends une grande inspiration.

– Non, monte, toi !

J'entends ses pas d'enfant, qui devraient être légers, mais qui pourtant sont plus lourds et bruyants que les miens, traverser le sous-sol et monter l'escalier en sautant des marches.

– Comment on fait un pas de bourrée, déjà ?

Je penche la tête sur le côté avec un demi-sourire.

– Je t'ai dit que je dansais plus.

– Oh, allez, je suis sûre que tu t'en souviens !

Évidemment que je m'en souviens. On ne passe pas autant d'années à répéter les mêmes mouvements sans qu'ils se gravent dans nos os comme des incantations – plus fort que la mémoire des mots, il y a la mémoire des gestes, et je sais que mon corps garde en lui tous les gestes, les pas, les rythmes, les mouvements de pied, de cheville, de jambe, de bras, de poignet, de tête. Je bouge encore en huit temps.

– Bon, tu commences comme ça…

Olivia se place à côté de moi, jambe gauche devant, jambe droite derrière, et bouge au ralenti en suivant ma démonstration, lève la jambe droite, monte sur ses demi-pointes, termine en quatrième position sans perdre l'équilibre.

– Ah oui, c'est vrai ! C'est facile.

– Et après, t'es dans la meilleure position pour faire une pirouette.

– Oui !

Elle tournoie en montant sur sa jambe gauche, vacille et s'écroule en riant.

– Ça serait plus le fun si tu venais à la barre avec moi.

Je soupire.

– Il faut que je travaille, Olivia. Je peux pas.

– J'ai apporté la musique de *Casse-Noisette* !

Et pourtant la petite voix me nargue, *es-tu sûre que tu veux lui dire non, toi qui avais si hâte d'apprendre à danser à Céleste ? C'est ta chance !* Je ne sais même pas si j'ai encore des chaussons. *C'est un prétexte, tu sais très bien que tu peux danser avec tes bas.* Je ne sais pas non plus si j'ai le goût. *Tu as peur. Tu en meurs d'envie, tu as envie de ça depuis quinze ans, mais tu as peur. Peureuse.*

Je passe mes mains sur mon visage, je soupire à nouveau.

– OK. Je vais aller en bas avec toi juste un peu, mais après il faut que je finisse mon article.

– YÉ !!!

Je descends l'escalier en me concentrant sur Olivia. Les sons de vent de la veille se sont calmés, mais le prélart devant le placard sous les marches est toujours couvert de brindilles. Je me place dos à la porte du placard et j'agrippe la barre.

– On va commencer par des pliés.

– OK!

Olivia est extatique. Elle démarre la musique sur le vieil iPod qu'elle a apporté et on enchaîne les pliés en première, deuxième, troisième et quatrième positions, puis des dégagés, des battements et des cloches, et mes jambes font tout ce qu'il faut sans même que j'aie à y réfléchir, et ma tête, ma poitrine, mes abdominaux et mes bras retrouvent exactement la posture qu'il faut. J'ai envie de rire et de pleurer et de crier à la fois tellement c'est libérateur et réconfortant de reconquérir les gestes qui m'ont obsédée pendant une si grande partie de ma vie, depuis toute petite et même quand j'étais en convalescence et que je dansais dans ma tête pour ne pas oublier. Mais tout à coup je pense à Laure, Laure partie à Toronto à l'École nationale de ballet alors que j'entrais au cégep, *notre* École nationale de ballet, celle à laquelle on avait rêvé si souvent ensemble, et mon élan se casse.

– Il faut que je retourne travailler.

Je lâche la barre et me dirige brusquement vers l'escalier pendant qu'Olivia continue ses ronds de jambe.

Avant de monter, je me tourne vers elle et je m'arrête, fronce les sourcils. Au bout de la barre, il y a quelque chose de différent. Je plisse les yeux. Une tige verte, couverte de feuilles comme celles d'une vigne, s'enroule autour du bois.

Je secoue la tête et je remonte terminer mon article.

Laure a été toute ma vie jusqu'à ce qu'un jour elle ne le soit plus. Les choses changent, comme ça, en un instant, l'instant que ça prend pour s'emmêler les skis et se fracturer la jambe à trois endroits différents. J'ai toujours été fascinée par les moments qui précèdent les drames, les tragédies. Ces instants terriblement normaux, terriblement ordinaires, tellement qu'ils seraient passés inaperçus s'ils n'avaient pas été suivis d'un événement marquant.

Le matin de mon accident de ski, je l'ai repassé des milliers de fois dans ma tête, et je sais que je l'aurais oublié s'il n'avait été qu'un matin d'hiver comme les autres. Rien n'annonçait que je quitterais la montagne en ambulance et que je retournerais à l'hôpital pendant des semaines, des mois pour de la réadaptation, rien n'indiquait que je ne danserais plus jamais, que ma meilleure amie et moi deviendrions éventuellement des étrangères, que mes objectifs changeraient du tout au tout.

Même quelques minutes avant l'accident, dans le remonte-pente, puis en haut de la pente qui n'était pourtant qu'une intermédiaire, tout était exactement comme lors de toutes les remontées et toutes les descentes de ma vie depuis mes quatre ans, âge où mon père m'avait mise sur mes premiers skis, le soleil brillait, on parlait de choses banales, on se disait qu'après deux autres descentes, on allait s'arrêter pour dîner, et puis finalement on a dîné à l'hôpital, avec des sandwichs au poulet de machine distributrice. Je n'ai plus jamais mangé de sandwichs de machine distributrice depuis ce jour-là, et pourtant je me rappelle exactement du goût et de la texture, le pain un peu sec, le poulet grisâtre qui s'émiettait dans ma bouche.

Le médecin était surpris, en regardant la radiographie de ma jambe. Surpris qu'un tel accident ait eu un tel résultat. J'étais plus brisée que ce à quoi il s'attendait, mes os étaient trop fragiles, disait-il, trop friables pour quelqu'un de mon âge, en forme de surcroît, il le voyait bien à ma musculature que j'étais en forme, *vous faites quoi comme sport* il m'a demandé, *du ballet* j'ai dit et j'ai vu quelque chose traverser son visage, il a dit *aaaah* avec l'air de quelqu'un qui venait de comprendre quelque chose, et puis il nous a dit *je reviens dans un instant*, et quand il est revenu, beaucoup d'instants plus tard, il y avait une autre médecin avec lui, une femme rousse, gentille, qui m'a posé toutes sortes de questions qui n'avaient aucun lien avec mon accident et beaucoup de liens avec ce que je mangeais et ce que je faisais comme activité physique. J'ai essayé de lui expliquer que j'étais normale, enfin normale pour une ballerine, que toutes les filles suivaient le même genre de régime, mais elle hochait la tête avec un air faussement complice, et finalement ils ont décidé de me garder à l'hôpital en observation parce qu'ils avaient peur que je sois anorexique.

Je ne l'étais pas, je manquais juste de calcium et de vitamine D, alors ils ont fini par me relâcher, je dis bien relâcher, oui, en faisant toutes sortes de recommandations à mes parents, qui étaient terrifiés et renversés et bouleversés, évidemment, mais moi j'étais soulagée, je pourrais rentrer à la maison, retrouver mes affaires, voir Laure. Le plus tôt je serais de retour chez nous, le plus tôt je reprendrais le ballet, que je pensais. Je n'ai jamais recommencé, et Laure, quand elle s'est rendue à l'évidence que c'était fini pour moi, s'est éloignée tranquillement, imperceptiblement au début, puis plus clairement, jusqu'au jour où elle m'a annoncé qu'elle avait été acceptée à l'École nationale de ballet et qu'elle partait en août pour Toronto. C'est sorti tout seul à ce moment-là, toute la rage que j'accumulais depuis l'accident, toute ma frustration, mes déceptions et mon envie, et je me suis mise à lui crier après, à lui dire qu'elle n'avait pas le droit, qu'elle ne pouvait pas partir pour notre École nationale et me laisser derrière, qu'elle était la pire amie du monde et que j'aurais préféré ne l'avoir jamais rencontrée.

Quelques jours plus tard, on partait au Guatemala avec mes parents pour les vacances d'été. Quand nous sommes revenus à Moreau, elle était déjà partie pour Toronto, et je ne lui ai jamais reparlé depuis.

Olivia est restée à la barre jusqu'à ce que Mathieu vienne la chercher pour souper, une heure plus tard. Je les ai regardés traverser la rue, Mathieu ébouriffer les cheveux d'Olivia et elle le repousser en riant, puis tous les deux disparaître dans leur maison où ils mangeraient ensemble, et soudain la perspective de souper devant mon ordinateur m'a paru infiniment triste.

J'imagine qu'un jour on s'habitue à la froidure du deuil et de l'absence, au gouffre dans la poitrine et aux vagues imprévues et à la pensée magique, celle du cerveau qui négocie et cherche comment revenir en arrière, comment ramener les disparus. J'imagine qu'un jour on finit par dépasser cette phase, la négociation, et qu'on finit par atteindre autre chose, quelque chose comme l'acceptation. Mais en attendant, j'ai besoin de compagnie.

J'envoie mon article à la cliente, je ramasse dans la cuisine les ingrédients nécessaires pour faire une omelette aux champignons et je traverse chez madame Labelle avec la boîte de Madeline.

– C'est moi, je suis venue vous faire à souper !

– Oh, t'es fine, mon minou.

Elle est dans le salon, en train de lire un roman policier, avec une tasse vide et une assiette pleine de miettes à côté d'elle.

– Et je me disais qu'on pourrait peut-être écouter la série de Maigret ?

Elle dépose son livre, sourit.

– Tu me prends par les sentiments.

Je prépare l'omelette et nous installe dans le salon, mets le DVD et démarre la série qu'on a regardée ensemble cent fois, tellement qu'on se permet de parler en même temps parce qu'on connaît toutes les répliques par cœur.

– C'est délicieux, mon minou.

– Merci.

– Puis, le ballet ?

Elle a dû voir Olivia entrer et sortir de chez moi dans son uniforme de mini ballerine, le même qui dort dans le garde-robe de ma chambre dans la maison d'à côté.

– Correct. On a fait deux, trois exercices à la barre ensemble, mais il fallait que je travaille.

– T'es fine. Elle s'ennuie tellement, la pauvre. J'étais censée m'en occuper cette semaine, toutes ses petites amies sont parties en vacances et Mathieu travaille.

Madame Labelle me regarde du coin de l'œil pendant que le commissaire Maigret tire sur sa pipe.

– Ça te tenterait pas de lui donner des petits cours, pendant que t'es ici ? Je dis ça, je dis rien, hein, tu fais comme tu veux… Mais ça vous ferait du bien, me semble. À vous deux.

Mon ventre se contracte un peu à l'idée de redescendre au sous-sol, et pourtant il y a quelque chose d'inexplicable qui me donne envie d'y retourner.

– OK, oui. Peut-être.

Madame Labelle me sourit, un sourire de gratitude, mais je sais qu'au fond elle n'est pas seulement reconnaissante que je m'occupe d'Olivia, elle est aussi heureuse que je fasse quelque chose, n'importe quoi, quoi que ce soit d'autre que pleurer et écrire des articles sur les planchers chauffants de salle de bains.

Elle se retourne vers la télé et on termine l'épisode en silence, à part pour quelques répliques qu'on prononce à voix haute en même temps que le commissaire. En le regardant manger l'andouillette de madame Maigret, je soupire, mais pas d'un de ces soupirs lourds et tristes que je pousse depuis des années. Un soupir d'apaisement, de soulagement. Je suis bien, ici, comme ça, maintenant. Pour l'instant, ça me suffit.

Je me suis réveillée vers six heures et je n'ai plus réussi à fermer l'œil, peut-être à cause de l'anxiété qui m'agrippait la poitrine et la gorge à l'idée de donner un cours de ballet à Olivia, même si je sais que c'est seulement pour la distraire et lui éviter de passer ses journées à jouer aux jeux vidéo et que même si j'ai eu longtemps l'impression d'avoir tout oublié, ou tout repoussé très loin dans ma mémoire, mon corps se rappelle, lui, et ça ira, bien sûr que ça ira. Peut-être aussi parce que j'avais encore fait un de ces cauchemars terribles où j'oubliais Céleste dans un bain rempli d'eau et qu'elle se noyait. C'était ça, ou bien je rêvais que je perdais la fille d'une amie dans le métro, que j'échappais un bébé dans une rivière ou en bas d'une falaise, ou que je la laissais à l'hôpital et que je repartais comme si de rien n'était, mais ce n'était pas un rêve, c'était un souvenir, le souvenir de tous mes départs de l'hôpital le ventre vide qui se mélangeaient pour n'en former qu'un seul, distorsionné, où l'on passait la porte pendant que Céleste disparaissait dans les bras d'une infirmière.

Des heures plus tard, après avoir tourné en rond, bu deux cafés parce que pourquoi pas, essayé de lire trois articles différents du dernier numéro d'une revue que j'avais lancée dans ma valise en partant, au lieu de prendre des sous-vêtements, j'ai fini par voir la vie s'agiter chez Mathieu et Olivia, des rideaux s'écarter, des lumières s'allumer, j'ai évalué le temps nécessaire pour les bols de céréales ou les toasts, le café de Mathieu, le verre d'eau ou de jus ou de lait d'Olivia, et quand il m'a semblé que je pouvais décemment me présenter chez quelqu'un, j'ai traversé la rue et j'ai sonné.

Olivia a bondi comme une chevrette quand je lui ai proposé de lui donner des cours, et Mathieu m'a offert un sourire reconnaissant, derrière elle. Je ne pouvais plus reculer, maintenant.

Et nous voilà, après avoir nourri Madeline et changé son bandage, à la barre du sous-sol à enchaîner des ronds de jambe qui se terminent par une arabesque, puis une attitude sur demi-pointe, et moi de corriger la posture d'Olivia, et elle de demander *et comme ça est-ce que c'est mieux* et moi de l'encourager et de replacer encore ses bras et de la complimenter sur ses fondus, et enfin de lui monter une petite chorégraphie au centre comme si j'avais fait ça toute ma vie, enseigner le ballet à des enfants. Il me semble qu'à mesure que nous bougeons sur la musique, quelque chose en moi se dénoue, quelque chose qui est resté noué depuis si longtemps que je ne savais même pas que ça pouvait être autrement. Il me semble aussi que dans le regard d'Olivia, quelque chose de sombre s'éclaircit, juste un peu.

– OK, on va répéter nos pirouettes.

– Ah noooon, je suis poche en pirouettes !

– C'est pour ça qu'on répète.

Olivia se place à côté de moi au centre de la pièce en grommelant, pour la forme, sans doute, parce qu'elle sourit en même temps.

– Quatrième position, un bras ouvert, l'autre replié.

Dernière nous, un bruit familier et soudain, comme une bourrasque. Nos têtes se mettent à tourner à l'unisson, cherchant l'origine du son, une fenêtre ouverte, peut-être, mais non, rien, rien que les feuilles sur la barre qui s'agitent doucement, comme si quelqu'un leur soufflait dessus. Il y en a plus que la dernière fois, il me semble. Je regarde Olivia, qui hausse les épaules.

– On continue ?

– Euh… Oui, oui. Excuse-moi. Après, tu montes sur la demi-pointe du pied qui est en avant et tu plies l'autre bras, qui va te donner l'élan pour tourner. Essaie.

Olivia monte sur sa demi-pointe avec trop d'énergie et perd l'équilibre vers l'avant. À travers son rire, j'entends souffler un nouveau coup de vent qui secoue les feuilles de la vigne.

Il y a plus de feuilles, j'en suis certaine, maintenant.

Olivia continue de répéter ses pirouettes, elle réussit à tenir en équilibre un quart de tour, puis un demi, et je l'encourage, *pousse plus fort avec la jambe qui est derrière, donne-toi plus d'élan avec ton bras, reste sur ta demi-pointe*, et éventuellement, elle fait un tour complet, mais si vite qu'elle n'arrive pas à atterrir correctement et se tord la cheville. Elle lâche un cri et je me précipite sur elle.

– Ça va ?

– Non…

Je sens mon cœur s'effondrer jusque dans mes genoux, qui manquent de flancher.

– On va aller mettre de la glace, OK?

Elle hoche la tête bravement, les yeux mouillés, mais le visage dur, comme si elle refusait de pleurer pour si peu, et s'accroche à moi pour remonter l'escalier pendant que la petite voix dans ma tête s'acharne.

À quoi t'as pensé en proposant de lui donner des cours? Tu ne sais pas ce que tu fais. Maintenant elle est blessée et c'est ta faute, tu aurais dû savoir que ça finirait comme ça. Qu'est-ce que son père va penser?

Il va penser qu'Olivia a mal, et que c'est à cause de moi. J'ai voulu prendre soin d'elle, et j'ai seulement réussi à la blesser. J'aurais dû savoir que ça finirait mal.

Après dix minutes de glace, les yeux d'Olivia ont séché et sa cheville va mieux. Elle marche sans boiter, mais je tiens quand même à l'accompagner chez elle pour dire à Mathieu ce qui s'est passé. Il rit.

– C'est rien, ça. Celle-là, elle est tellement casse-cou, j'ai toujours peur qu'elle me revienne avec quelque chose de brisé. T'en fais pas avec ça.

Quand même. J'aurais préféré la lui ramener intacte.

De retour de mon côté de la rue, j'essaie d'engourdir ma culpabilité en écrivant mon article sur les portes et fenêtres. Après trois écoutes de l'entrevue avec l'entrepreneur, je ne ressens plus rien, je suis devenue comme un tapis gris sur lequel personne n'a marché depuis des lustres, un tapis qui a changé de couleur à cause de la poussière qui s'est prise dans ses poils avec les années. J'aligne les mots sans vraiment réfléchir jusqu'à ce qu'il soit l'heure de manger, j'avale deux Pop-Tarts et je continue, je révise, et puis j'envoie mon texte, un texte aussi gris que moi, et je m'effondre dans mon lit.

J'y suis depuis deux minutes et je sens déjà mon corps devenir lourd et mou et immobile entre mes draps rouges. J'arriverai peut-être à m'endormir sans difficulté, pour une fois.

TROIS

« Ma petite est comme l'eau
Elle est comme l'eau vive
Elle court comme un ruisseau
Que les enfants poursuivent
Courez, courez
Vite si vous le pouvez
Jamais, jamais vous ne la rattraperez. »

Guy Béart, *L'eau vive*

C'est peut-être le bruit qui me réveille, ou bien le sentiment d'une présence, mais je suis convaincue en ouvrant les yeux qu'il y a quelqu'un – quelque chose – dans la maison. Il est deux heures trente-six du matin. J'aurais cru que, dans ce genre de situation, je paniquerais et que, terrorisée, je resterais tapie sous mes couvertures en espérant ne pas me faire remarquer. J'ai rejoué cette scène mille fois enfant, je me suis entraînée à prendre le moins de place possible sous les couvertures, à m'aplatir pour donner l'impression d'un lit vide, à respirer tout doucement pour qu'aucun son ne me trahisse, en laissant une petite ouverture dans la douillette, juste assez pour ne pas suffoquer, mais pas assez pour qu'on me voie, parce qu'il fallait rester consciente et vigilante, ne pas m'endormir, ne pas tomber dans les pommes parce que je manquais d'air sous la couverture.

Pourtant, je suis calme, paisible même, et je sors tranquillement de ma chambre pour aller à la rencontre de l'intrus. J'ai vu tous les films d'horreur, mais rien ne semble m'empêcher de marcher vers la source du bruit, vers la salle à manger d'abord, puis dans l'escalier du sous-sol – évidemment – jusque dans la salle familiale.

Ses oreilles frémissent au son de mes pas. Dans la lumière de la lune et des lampadaires qui traverse les fenêtres sans rideaux, ses yeux luisent, immobiles, à quelques mètres des miens. Devant la barre de ballet fixée au mur du fond, une biche me regarde comme si je portais la réponse à une question qu'elle se pose depuis des lustres. Mais je n'ai aucune réponse, je ne sais rien du tout, rien à part que je suis là, dans le sous-sol de chez mes parents à Moreau, debout en train de fixer une biche au milieu de la nuit.

Elle cligne des yeux, deux fois, trois. J'incline doucement la tête pour la saluer et, sur la pointe des pieds, je remonte l'escalier vers ma chambre, vers mon lit.

Je me réveille passé dix heures et ça prend un moment avant que l'image de la biche me revienne, ses yeux brillants fixés sur moi et son pelage qui reflétait la lumière de la lune. Assise dans mon lit, je repasse les images dans ma tête, je me sonde, et je n'arrive pas à savoir si ce moment a bel et bien eu lieu ou s'il a été fabriqué par mon esprit qui cherche à magnifier mon existence par un mécanisme de protection étrange. Il n'y a pas trente-six mille façons de le savoir.

Je commence par préparer un café, peut-être pour éviter de devoir descendre trop vite, peut-être pour me raccrocher à quelque chose de réconfortant. J'ai étrangement peur d'être déçue en ne retrouvant dans le sous-sol que le prélart et les murs blancs, la porte fermée du placard sous l'escalier et le vieux divan sur lequel j'ai passé tant de soirées avec Simon, et avec Laure avant lui.

En descendant les marches, je tends l'oreille malgré moi, je cherche le sifflement du vent, un bruit inhabituel, n'importe quoi qui m'indiquerait que quelque chose est en train de se produire, mais il n'y a que le bruit de mes pantoufles qui frottent sur le bois qui craque et rien de plus. Rien dans la salle familiale ni sur le divan, à peine plus de feuilles autour de la barre. Un peu pour la forme, et parce qu'il me reste un fond d'espoir, je glisse sur le prélart jusqu'au fond du sous-sol, jusqu'au placard sous l'escalier, et, arrivée devant lui, je m'arrête.

La porte du placard est entrouverte.

Je suis absolument certaine que cette porte a toujours été fermée, je l'ai constaté le premier jour où je suis descendue ici, et chaque fois que je reviens, je vérifie deux, trois, quatre fois, de peur que quelque chose en surgisse ou que mes fantômes me rattrapent ou je ne sais quoi, et Olivia n'a jamais pu y toucher non plus, je m'en serais rendu compte. Il y a de la lumière dans le placard, oubliée par mes parents, sans doute. Peu importe pourquoi et comment la porte s'est retrouvée entrouverte, je ne la rouvrirai pas moi-même pour éteindre cette lumière, je ne veux pas, je ne peux pas affronter ce qu'il y a derrière, pas maintenant, je ne suis pas prête, encore trop à vif, trop fragile et brisée et sur le bord d'exploser en mille miettes pour y survivre.

Je tends la main vers la poignée pour refermer la porte, mais la lumière qui filtre dans l'interstice change subtilement, comme si une ombre était passée devant, et c'est là que je remarque le bruit, un genre de froissement, de bruissement, et des sifflements aigus, comme des chants d'oiseaux. Ma main sur la poignée est tout à coup motivée par sa propre curiosité et tire sur la porte plutôt que de pousser, j'ouvre malgré moi grand la porte du placard et derrière, de l'autre côté du cadre de porte, il n'y a pas de placard, il n'y a rien de ce qui devrait se trouver là, mais il y a de la terre, des brindilles, des racines et des arbres, il y a l'odeur des conifères qui m'enveloppe et me surprend. Il y a une forêt derrière la porte, une vraie, avec des arbres à perte de vue, et quelque part, sans doute, un ruisseau, parce qu'il me semble que j'entends de l'eau couler au milieu des chants des oiseaux. Une paruline triste passe à la hauteur de mes yeux comme une tache jaune et se pose sur un arbre à ma gauche, le vent fait bruire les feuilles sur lesquelles danse la lumière du soleil. Dans la terre à mes pieds, des traces fraîches, des sabots, ceux de la biche.

Lentement, je lâche la porte, je tends la main vers le sol et j'égraine la terre entre mes doigts, puis je pose mes deux mains sur ma tasse de café et je m'assois en tailleur sur le plancher, interdite devant le miracle.

– Elle a l'air d'aller mieux, hein ?

Olivia caresse la tête de Madeline, qui sautille dans sa boîte et piaille comme jamais. Il va falloir que je la ramène chez le docteur Robillard, puis qu'on la renvoie dans la nature. Il va falloir que je le dise à Olivia, aussi, mais pas aujourd'hui.

– Bon, est-ce qu'on descend ? J'ai trouvé une nouvelle liste de lecture, c'est des musiques de film au piano ! Ça va être parfait !

Olivia gambade jusqu'à la porte du sous-sol en me montrant son iPod égratigné. Je hoche la tête et la suis en bas, jusqu'à la barre. Sur le sol, des brindilles, partout, bien plus que ce matin. Olivia fronce les sourcils.

– Il va falloir passer le balai.

Elle se dirige vers la porte du placard sous l'escalier et l'ouvre sans que j'aie le temps de vraiment réagir, j'arrive tout juste à tendre la main vers elle pour, peut-être, l'arrêter avant qu'elle découvre ce qui se trouve derrière ou, pire, avant que je découvre que la forêt n'y est plus et qu'il n'y a que toutes les choses que mes parents avaient achetées pour Céleste, un moïse, une poussette, des tas de petits vêtements adorables et des peluches et un mobile et des couvertures douces dans lesquelles l'emmailloter.

– Est-ce qu'il –

Olivia fige et s'interrompt dans sa question, bouche ouverte. Me regarde, se tourne à nouveau vers le placard. La forêt est toujours là.

– Dolores…

– Je sais.

Un temps.

– Tu sais ?!

Je hausse les épaules.

– Comment ça, « tu sais » ?! Tu sais qu'il y a une forêt dans ton sous-sol ?

– Je l'ai vue ce matin.

– Et tu me l'as pas dit ?

– Non, je… Je sais pas pourquoi.

Pourquoi est-ce que je ne lui ai pas dit ? Parce que j'avais peur qu'elle ne me croie pas ? Parce que je n'y croyais pas moi-même ? Parce que j'avais peur de la faire disparaître, si j'en parlais ?

– On peut y aller ?

– Quoi ? Non ! Ben non.

– Pourquoi ?

– Ben, je sais pas. C'est peut-être dangereux.

– Elle est dans ton sous-sol. Je pense que ça veut dire que tu dois y aller.

– Eh ben moi, je pense que c'est une mauvaise idée. Ferme la porte, je vais aller chercher le balai dans la salle de lavage.

– Ooooh, allez !

– Non.

– Pfff, t'es plate.

– Je le sais. Allez, va te réchauffer à la barre, là.

Elle va faire des cloches à la barre en grommelant, l'air boudeur, pendant que je passe le balai autour d'elle en jetant des coups d'œil à la porte du placard. *Ça veut dire que tu dois y aller.* On verra bien.

Olivia partie, avec un air qui me rappelait ostentatoirement que j'étais la plus plate des plates, je ne peux pas m'enlever de la tête cette phrase qu'elle a dite. Que fait cette forêt dans mon sous-sol, en effet, si ce n'est pour m'inviter à y entrer? *Les maisons à Moreau sont magiques.* Madame Labelle me le répète depuis des années. Je pensais que c'était une métaphore.

Je suis la flèche peinte par mon père dans la cage d'escalier et je me dirige vers le placard en sachant à peine dans quoi je m'embarque, mais en m'y embarquant volontairement, malgré une partie de moi qui craint ce que je pourrais y trouver et qui me crie de rester tranquillement dans la maison, sans m'approcher davantage de cette incongruité dangereuse.

Malgré cette partie de moi qui crie, je pose la main sur la poignée, je la tourne et j'ouvre la porte.

La forêt est là. L'odeur des conifères, les chants d'oiseaux, le bruit du ruisseau au loin, la terre sous mes semelles et la mousse sur les pierres et les brindilles qui craquent et les racines qui sortent du sol comme des tentacules. Je quitte l'embrasure rassurante de la porte et j'avance sous les arbres, plus grands encore que ceux qui protègent la fraîcheur de ma rue, pendant que la brise défait mon chignon bien lissé de ballerine. Mes cheveux n'ont jamais bien tenu en chignon, de toute façon.

J'entends des craquements à travers les herbes et les feuilles, au sol, mais je ne vois rien bouger. Précautionneusement, je marche jusqu'à atteindre une grosse pierre à moitié couverte de mousse verte, haute comme mes genoux, sur laquelle je m'assois. Au moment où je dépose mon poids sur elle, quelque chose s'apaise en moi. Pendant un minuscule instant, je me sens mieux.

Un oiseau piaille, je lève la tête et il me semble que j'aperçois quelque chose qui passe derrière les arbres, en direction du bruit de l'eau qui ruisselle. Je suis tentée un instant de suivre cette ombre pour aller tremper mes pieds dans l'eau, mais la peur me prend. Je ne veux pas me perdre ici, là où personne ne me retrouverait. C'est trop dangereux.

Je tourne la tête et cherche la porte des yeux, puis je cours jusqu'à elle, entre dans le sous-sol et referme derrière moi. Le dos appuyé contre la porte fermée, je reprends mon souffle, et je sens mon cœur battre trop fort dans ma poitrine, fort comme si j'avais croisé un ours.

La technicienne ne disait rien. C'est ça qui m'a mis la puce à l'oreille, parce qu'il me semblait qu'elle aurait dû dire quelque chose, nous montrer *voici ses petites jambes, ses petits bras, ses reins, sa tête, son cœur*. Son cœur.

Ce matin-là, j'étais terrorisée, terrifiée à l'idée d'arriver sur la table d'échographie et qu'elle soit morte, que son cœur ait cessé de battre. J'étais anxieuse de cette anxiété qui ne m'avait pas quittée depuis les deux lignes sur le test, le genre d'anxiété qui faisait que j'oubliais parfois de respirer et qui me donnait l'impression que j'allais, d'une seconde à l'autre, hurler ou m'évanouir. Mon cœur à moi battait trop fort pour que ce soit normal, il battait presque aussi vite que le sien quand on l'entendait au Doppler lors des rendez-vous mensuels, *whom-whom-whom-whom*, ce drôle de bruit qui ressemblait un peu à celui d'un train. Je me suis étendue sur la table, la technicienne a étendu le gel – chauffé, j'ai apprécié l'attention – et a placé son moniteur sur mon ventre, et tout de suite, on l'a vue bouger. Elle donnait des coups de pied, sa tête bougeait d'un côté et de l'autre, et aussitôt, les larmes ont coulé de mes yeux. Elle n'était pas morte. Je ne savais pas encore si je devais l'accorder au féminin ou au masculin, je ne savais pas comment l'appeler autrement que bébé-chenille, ce surnom que nous lui avions trouvé en attendant pour l'encourager à rester le plus longtemps possible dans son cocon, alors j'ai regardé Simon et j'ai soufflé «il est vivant, il bouge» et Simon pleurait lui aussi en regardant l'écran.

Mais la technicienne ne disait rien, elle prenait des mesures, elle fronçait les sourcils, elle évitait de nous regarder ou bien elle avait carrément oublié que nous étions là, absorbée qu'elle était par ce qui clochait chez elle. Tout à coup, elle s'est levée et nous a dit *je reviens dans un instant*, comme si on allait une seconde envisager de s'en aller. L'écran est devenu vide, j'ai regardé Simon, et dans ses yeux aussi, l'anxiété était revenue. C'est là que j'ai su, je crois. Elle n'était pas morte, mais elle ne vivrait pas.

La suite est une sorte de mélasse dans mes souvenirs, j'aurais préféré ne pas m'en souvenir du tout, en fait, mais je sais qu'un médecin est venu et qu'il a regardé des choses sur l'écran, qu'il a discuté avec la technicienne, puis qu'il s'est tourné vers nous. Il nous a parlé de malformation, de tests à faire, d'amniocentèse, de risques.

Il y a eu d'autres rendez-vous, on a piqué mon ventre pour aller chercher le liquide amniotique qui nous dirait tout sur elle, on a rencontré un spécialiste qui nous a exposé ses chances de survie hors de son cocon. Presque aucune.

Et puis, il y a eu ce moment qu'aucun parent ne devrait avoir à vivre, celui où nous avons dû choisir, où nous avons dû décider si on lui donnait une chance de poursuivre sa transformation dans mon ventre ou si on l'en faisait sortir tout de suite. On a dû décider de sa vie ou de sa mort. Ou du moment de sa mort, plutôt, puisqu'apparemment, elle était pratiquement inévitable.

C'est là que nous avons décidé de l'appeler Céleste, et de lui permettre de s'envoler au plus vite.

Le docteur Robillard, lui, n'a pas l'air soucieux quand il examine Madeline.

– C'est guéri, cet oiseau-là !

Et puis, la phrase que je redoutais :

– Elle va être prête à retourner dans la nature.

Je repars avec la boîte sous le bras, la mort dans l'âme et le moral dans les souliers. Dans le coffre de la voiture, une autre épicerie pour madame Labelle, et des provisions pour moi, aussi. Je ne sais pas pour combien de temps encore je resterai mais, même si Madeline est guérie, quelque chose me retient ici. La forêt, peut-être, et madame Labelle, qui a encore besoin de moi.

Sur la route, j'entends Madeline qui piaille joyeusement, ses ailes qui frottent le carton percé. Sans son bandage, elle est beaucoup plus légère, elle le sait, et on dirait qu'elle me répète qu'elle est prête à s'envoler.

– Pas ici, Madeline. On va aller dire au revoir à Olivia pour commencer.

Olivia qui ne me pardonnerait jamais si je renvoyais l'oiseau dans la nature sans aller la prévenir d'abord – je ne me le pardonnerais pas non plus.

Je roule jusque chez madame Labelle pour aller déposer l'épicerie avec l'impression de me préparer à annoncer à quelqu'un que je ne l'aime plus. Je vais devoir briser le cœur d'une enfant de huit ans, et c'est sans doute la dernière chose que j'ai envie de faire aujourd'hui. Mon cœur est déjà brisé assez de fois pour nous deux.

– C'est moi, j'ai votre marché !

Olivia rebondit dans l'entrée de madame Labelle, qui la suit lentement avec ses béquilles.

– Dolores ! Qu'est-ce qu'il a dit, le docteur ?

Je soupire. Aussi bien tirer sur le plaster.

– Madeline est guérie, il faut la renvoyer dans la nature.

– Oooh.

Olivia ouvre de grands yeux, puis fronce les sourcils, et je crois qu'elle va se mettre à pleurer, mais non, son visage s'allume et elle me lance un sourire en coin et un regard complice.

– Je sais où on va aller.

Je hausse les sourcils. Je n'avais pas réfléchi à ça, pas du tout même, mais c'est une évidence qui me fond dessus : Madeline vient de la forêt, bien sûr. Et c'est là qu'il faut la ramener.

Nous avons bu des Shirley Temple, assises sur les tabourets du bar Tiki, dans des verres avec des parasols de papier, et puis nous avons laissé madame Labelle à la lecture de son Maigret et nous avons traversé chez moi. Avant de descendre, je mets la main sur l'épaule d'Olivia et je la force à s'arrêter.

– OK, si on fait ça, il faut des règles.

– Comme quoi ?

– On reste toujours ensemble. On ne s'éloigne pas de la porte. Et une fois que Madeline s'est envolée et qu'elle a l'air correcte, on revient. C'est compris ?

– Compris, chef ! On peut descendre, là ?

Je fais oui de la tête et elle dévale l'escalier en sautant la dernière marche, puis court ouvrir la porte du placard.

– C'est encore là !

La barre, au mur, est entièrement recouverte de feuilles vertes.

Je rejoins Olivia, je lui tends la main, elle la prend et nous passons toutes les deux le pas de la porte pour arriver dans la forêt sous l'escalier.

On devine le ciel gris, presque argenté, au-dessus des arbres. Les oiseaux chantent toujours et Madeline semble les entendre, elle sait qu'on est chez elle, elle s'agite dans sa boîte et piaille en retour. J'avance de quelques pas.

– Olivia, reste ici, OK ?

Je lâche sa main et m'enfonce un peu dans les bois, juste assez pour que Madeline reconnaisse bien son environnement, puis je retire le couvercle, je caresse sa tête une dernière fois et je recule en gardant les yeux fixés sur la boîte. Madeline sautille au fond de son nid de convalescence, se pose sur le rebord de la boîte, puis saute par terre. Son bec se tourne vers nous et, d'un coup, elle s'envole et va se poser tout près, sur la grosse pierre. Madeline nous regarde en piaillant et Olivia plisse les yeux.

– T'as vu, on dirait qu'elle veut qu'on la suive !

Elle court vers Madeline, qui s'envole à nouveau. Au lieu de s'arrêter à la pierre, Olivia se met à courir derrière l'oiseau, qui s'enfonce de plus en plus loin et de plus en plus vite dans la forêt.

– Qu'est-ce que tu veux nous montrer ?

– Olivia, attends !

Je me mets à courir aussi, en suivant du regard son t-shirt rouge qui zigzague entre les arbres pour ne pas la perdre dans cette forêt qui devient plus dense à mesure qu'on avance. Madeline nous emmène en direction du ruisseau, j'entends le bruit de l'eau qui se rapproche. Je baisse les yeux vers le sol un instant pour voir les pierres que j'évite de justesse et, quand je relève la tête, le t-shirt rouge n'est plus là. Merde.

– Olivia ? OLIVIA !

Elle a probablement descendu un talus ou quelque chose du genre, peut-être que le ruisseau est en contrebas. Je continue en suivant le bruit de l'eau.

– Olivia, attends-moi !

J'entends un bruit d'éclaboussures, plus loin. Je cours encore plus vite et mon pied se prend dans une racine. Je manque de m'étaler dans les hautes herbes, mais je reprends pied et je continue, jusqu'à ce que j'atteigne une pente qui descend jusqu'au ruisseau. En bas, Olivia est assise sur un rocher, ravie, près de Madeline qui boit, le bec dans l'eau et les deux pattes immergées. Je suis à bout de souffle et en furie, le visage sans doute aussi rouge que le chandail d'Olivia. Je crie en dévalant la côte.

– On s'était entendues sur des règles, jeune fille ! Et tu les as TOUTES brisées !

Olivia me regarde et son grand sourire s'écoule subitement de son visage et se transforme en larmes.

– Je voulais juste voir ce que Madeline voulait me montrer… Fâche-toi pas…

Elle sanglote et je reste figée, un peu ébahie. C'est la première fois que je la vois pleurer sans retenue.

– J'ai eu peur, Olivia, peur de te perdre dans le bois. C'est tout. Viens ici…

Elle se lève et se niche dans mes bras en reniflant.

– Ma mère m'appelait « jeune fille » quand elle était fâchée. Papa dit que je répondais toujours « suis pas “jeune fille”, suis Olivia ! ».

Elle s'essuie les yeux avec le revers de son bras.

– Je m'excuse, Dolores, je voulais pas te faire peur.

Je souris et la serre plus fort.

– Ça va. Mais on va retourner chez moi, maintenant, OK ? Dis au revoir à Madeline pour vrai.

Olivia envoie des bisous soufflés à l'oiseau et la supplie de venir nous visiter à Moreau de temps en temps puis, à contrecœur, elle prend ma main et remonte la pente avec moi. Arrivée en haut, je scanne les environs du regard jusqu'à ce que j'aperçoive, au loin, la grosse pierre avec sa mousse verte.

C'est seulement une fois arrivée à la pierre que je réalise que la porte n'est pas là. Autour de nous, que des arbres et le bruissement du bois, pas d'autres pierres en vue. Je ne sais pas si la porte a disparu derrière nous ou si je me suis trompée de pierre. Je n'entends plus le ruisseau et je ne pourrais pas dire avec certitude d'où nous sommes venues pour arriver jusqu'ici. Le soleil est indiscernable dans le ciel nuageux et je n'arrive pas à m'orienter.

– Est-ce qu'on arrive bientôt ? J'ai faim.

Je sens mon cœur s'accélérer, mais je pose mes deux mains sur la grosse pierre, je ferme les yeux et prends une grande inspiration. C'est comme si j'entendais mon cerveau s'activer pour changer de mode : il passe de l'inquiétude à la gestion de crise. Je ne peux pas paniquer, c'est moi l'adulte, c'est moi qui ai accepté d'entraîner Olivia dans la forêt, c'est moi qui nous sortirai de là.

Normalement, quand on se perd en forêt, la chose à faire est de rester sur place en attendant d'être retrouvé, je me suis déjà perdue avec Laure un été, pendant quelques heures tout au plus, mais assez pour faire angoisser nos parents

– sauf que personne ne viendra nous chercher ici, encore faudrait-il que quelqu'un sache que cette forêt existe. Il va falloir retrouver notre chemin seules, et si la nuit approche, s'installer, construire un campement et allumer un feu, puis essayer seulement demain de retrouver la porte. Mathieu va paniquer, madame Labelle aussi. Je secoue la tête. Ce n'est pas le moment d'échafauder des scénarios catastrophes.

J'attrape la main d'Olivia.

– Là, je suis sérieuse, on reste ensemble. Compris ?

– Compris.

Elle a une petite voix, je pense qu'elle a saisi, elle aussi, que l'heure est grave. Je regarde autour de nous et j'évalue le dénivelé. Il me semble qu'on a monté jusqu'à la pierre à partir du ruisseau, il faudrait donc qu'on descende pour le retrouver. Je pointe une direction.

– Par là.

En silence, nous nous remettons en marche en tendant l'oreille, pour essayer de deviner le bruit de l'eau qui coule à travers tous les sons de la forêt, mais on n'entend que les oiseaux.

Je ne sais pas depuis combien de temps on marche au milieu des arbres tous pareils, je n'ai pas mon téléphone avec moi et je ne porte plus de montre depuis des années. Je sais seulement qu'après avoir descendu un peu, on s'est mises à remonter, et que je n'ai plus la moindre idée de l'endroit où nous sommes. Il y des feuillus et des conifères, des oiseaux qui chantent et des pierres qui sont les mêmes peu importe où je regarde. C'est au moment où j'atteins l'intime conviction que nous sommes complètement, irrémédiablement, désespérément foutues qu'Olivia pousse un cri.

– Regarde ! Là !

Je tourne la tête dans la direction qu'elle pointe et je le vois, moi aussi : à travers les arbres, un peu plus bas que là où nous nous sommes arrêtées, on devine un bâtiment. Je serre la main d'Olivia plus fort et je l'entraîne dans la direction de ce qui ressemble à un chalet de bois. Je ne serais pas spécialement rassurée, en temps normal, de savoir que nous sommes seules sur le terrain d'un chalet inconnu, mais c'est peut-être notre seule chance de retrouver notre chemin avant qu'il fasse noir, alors je fais de grandes enjambées en repoussant les branches d'un bras, Olivia agrippée à l'autre, courant à côté de moi pour me suivre.

La forêt s'éclaircit à mesure qu'on approche, jusqu'à s'ouvrir en une petite clairière qui entoure le chalet et les restes d'un feu de camp. J'approche ma main – les cendres sont froides. Personne ne s'est assis dans les chaises qui bordent le feu récemment, mais ça ne veut rien dire. Il y a peut-être quelqu'un à l'intérieur quand même, avec un téléphone qu'on pourrait utiliser, ou au moins une connaissance du bois qui nous permettrait de revenir chez nous.

Nous faisons le tour du chalet pour atteindre la porte d'entrée et j'espère apercevoir une voiture de l'autre côté, mais il n'y a rien, rien d'autre qu'un sentier qui longe une falaise et disparaît entre les arbres. Du rebord de la falaise, à l'avant du chalet, on a vue sur un lac, en bas de la montagne. Son eau paraît grise sous le ciel couvert. Je regarde les grandes fenêtres du chalet, sa forme en A et sa cheminée rouge qui me sont vaguement familières, puis je m'approche de la porte et je frappe trois grands coups en priant de toutes mes forces que quelqu'un les entende.

Rien.

Une bonne minute passe, pendant laquelle je frappe à nouveau plusieurs fois, mais sans plus de résultat. Il n'y a personne. Je sens les larmes me monter aux yeux, mais je ne veux pas qu'Olivia les voie, alors je m'avance vers une fenêtre, un peu pour me cacher, un peu pour essayer d'apercevoir l'intérieur du chalet. Il fait sombre, mais je devine une grande pièce avec des meubles et toutes sortes d'objets pêle-mêle, étalés un peu partout sur la table et les comptoirs. Alors que je plisse les yeux pour essayer de trouver un téléphone parmi le fouillis, j'entends un genre de cloc et un grincement, comme le bruit d'une penture. Je sursaute et tourne la tête vers la porte du chalet, pleine d'espoir et un peu gênée de ma tentative d'espionnage.

Olivia se tient dans l'embrasure de la porte ouverte et hausse les épaules.

– C'était pas barré.

J'aurais peut-être dû la chicaner, lui dire qu'on n'entrait pas comme ça chez les gens même s'ils laissent leur porte déverrouillée, mais j'étais trop reconnaissante qu'elle ait eu le courage de faire ce que je n'osais pas faire et qui allait peut-être nous sauver, alors je l'ai seulement serrée dans mes bras en lui disant qu'elle était géniale. De toute façon, je ne suis pas sa mère.

L'intérieur du chalet s'illumine quand Olivia appuie sur l'interrupteur à côté de la porte, et le bazar que je devinais de l'extérieur devient plus clair, ou du moins, plus visible. Je n'arrive pas à faire sens de tous ces objets déposés un peu partout, des poupées, des livres, des photos, des enveloppes, des roches, des dessins d'enfant, des billes, une caméra, des cassettes audio et vidéo, des disques, des instruments de musique, des animaux en peluche, d'autres empaillés, des insectes piqués sur des tissus blancs dans de petites boîtes, un miroir de poche, une boîte à musique, des lampes, tout cela autour des fauteuils remplis de coussins et de couvertures de laine qui n'invitent qu'à s'asseoir et à se reposer, enfin. On dirait les réserves d'un musée, une sorte de cabinet de curiosités au milieu de la forêt, organisé par un conservateur particulièrement excentrique.

Pendant un moment, j'oublie que nous sommes perdues, que nous cherchons une carte ou un téléphone ou quoi que ce soit qui nous permettrait de rentrer à la maison, et je m'avance vers les objets, fascinée. Je lis les noms sur les enveloppes posées sur la table, des noms qui ne me disent rien, pas plus que les visages sur les photos, et j'examine en les caressant doucement les poupées qui semblent avoir été fabriquées des décennies plus tôt, mais qui ont été particulièrement bien conservées. Il n'y a pas de poussière dans le chalet, comme si quelqu'un l'entretenait méticuleusement, et pourtant il n'y a pas de trace de vie, pas de vaisselle dans les armoires, pas de nourriture dans le garde-manger. Je me laisse tomber dans un des fauteuils, un peu étourdie, et je ferme les yeux. Il me semble je resterais ici pour longtemps, loin des contrats et de l'absence de Simon et de Céleste, pour me reposer vraiment, enfin, déposer mon corps et ma tête et pleurer dans le silence jusqu'à ce qu'il ne reste plus de larmes à l'intérieur de moi. Ce serait si bon.

Je sens une main se poser sur mon épaule et j'ouvre les yeux à nouveau, c'est Olivia, derrière moi, qui me tend un livre. C'est un Maigret, *L'amie de madame Maigret*, plus précisément.

– Regarde dedans.

À la première page, à l'encre verte un peu pâlie, un message.

À Aline,

Pour tes trente ans.

Affection, Gérald

Gérald et Aline. Le mari de madame Labelle s'appelait Gérald.

Je me relève et m'avance vers la table de la cuisine, remplie de lettres, de dessins et de photos, je parcours du bout des doigts les objets une nouvelle fois, presque hypnotisée, puis je sors de ma poche le dessin d'Artémis offert par Simon, mon talisman, celui qui m'accompagne depuis le premier bébé. Je le serre contre mon cœur une dernière fois et je le pose sur la table parmi le reste. Je me tourne vers Olivia.

– Veux-tu laisser quelque chose ?

Elle hésite un peu, puis retire un des bracelets tissés qu'elle porte enroulés autour du poignet. Elle le dépose sur mon dessin.

– C'est ma mère qui l'a fabriqué. Elle m'en faisait tout le temps.

Je passe mon bras autour de son épaule et nous regardons nos objets en silence pendant un moment. Olivia s'essuie la joue.

– Ça serait bien de rester ici, hein ?

– Je me suis dit ça, moi aussi.

– On serait tranquilles.

– Oui.

Je lui fais un demi-sourire. Nous savons toutes les deux qu'il est temps de trouver un moyen de repartir d'ici et de retourner chez moi.

Je me tourne vers la grande fenêtre qui donne sur le lac. Sur le rebord, le squelette d'un petit animal voisine des cocottes, des pierres peintes en jaune et un tout petit voilier de bois, posé à côté d'un thermomètre et d'une paire de jumelles. Je ramasse les jumelles et les pointe vers le village que j'aperçois sur une des rives du lac. Je pousse un petit cri de surprise : avec les jumelles, enfin, je reconnais le centre de Moreau, la place publique avec sa fontaine et ses commerces tout autour. Et puis ça fait clic dans ma tête, la cheminée, les fenêtres, la forme du chalet.

– Olivia, regarde. On est tout près. On est dans le chalet de la montagne.

Je regarde Olivia du coin de l'œil alors qu'elle gambade à côté de moi sur le sentier qui longe la falaise et descend la montagne. Il y a de la terre sous ses ongles et sur ses genoux, ses cheveux sont ébouriffés tout autour de son visage, emmêlés. Elle a l'air d'une enfant dans un *Conte pour tous*, ceux qui partaient jouer dehors toute la journée, vivaient leurs guerres et leurs triomphes d'enfants et ne réapparaissaient chez eux qu'à l'heure du souper.

Je vais pouvoir la ramener chez elle avant le souper.

Le sentier, dans les descentes les plus escarpées, est remplacé par des marches de bois qu'Olivia dévale comme un chiot, attendant en bas que je la rattrape pour ensuite repartir à la course vers le prochain escalier. Le lac se rapproche, le soleil commence à percer les nuages et on voit des éclats qui scintillent sur l'eau à travers les arbres. Nous serons au village dans moins d'une demi-heure, je dirais.

La pente devient de moins en moins abrupte et finit par être remplacée par un chemin de terre plat qui débouche derrière la boulangerie du village, à notre grande surprise. Mais lorsqu'on se retourne, ébahies que le chemin vers le chalet de la montagne ait toujours été si proche, on dirait que la forêt s'est refermée sur elle-même et a ravalé le sentier. Il n'y a plus que les arbres, qui se tiennent serrés les uns contre les autres.

Nous ne sommes plus qu'à quinze minutes de notre petite rue crevassée.

Sales et essoufflées, nous courons presque jusque-là et, lorsque nous tournons le coin de notre rue, Olivia pousse un cri de victoire en voyant réapparaître nos bungalows, comme si nous étions de retour d'une longue expédition. Le ciel s'est dégagé, et je devine à la lumière que nous sommes à la fin de l'après-midi. Mathieu n'aura pas eu le temps de se rendre compte de l'absence de sa fille.

Devant chez elle, pourtant, elle semble hésiter à rentrer, se dandine sur un pied, puis l'autre, me regarde d'un air triste.

– Qu'est-ce qu'il y a, Olivia ?

– Je vais m'ennuyer de Madeline.

– Oui, moi aussi.

– Penses-tu que la forêt est encore dans le sous-sol ?

– Je suis pas sûre que j'ai le goût d'aller voir.

– Moi non plus.

Elle m'entoure de ses bras et me serre de toutes ses forces.

– Merci, Dolores.

Puis, elle me lâche et part comme une flèche vers la porte de sa maison – j'arrive à penser *sa maison*, maintenant – où Mathieu l'attend comme si de rien n'était, avec un souper tout chaud.

J'ai mangé la pizza aux champignons que j'avais achetée le matin et je me suis endormie devant *Little Women*, la version française de 1994 en VHS, que j'écoutais pour la vingt-cinquième fois au moins, juste au moment au Jo et Laurie sauvaient Amy de la noyade dans le lac gelé et puis, après un sommeil profond comme je n'en avais pas connu depuis des mois, j'ouvre les yeux au son d'un martèlement que je ne comprends pas. Mon esprit croit d'abord à un marteau piqueur avant de se rappeler que nous sommes à Moreau, puis je pense à un pic-bois jusqu'à ce que je comprenne que quelqu'un frappe à la porte de manière particulièrement insistante. Comme je me lève et je m'approche de l'entrée, j'entends une petite voix qui crie mon nom en même temps que les petits poings que je devine être ceux d'Olivia tambourinent sur la porte.

– Quoi, quoi ? Seigneur, je dormais.

– Regarde !

Olivia me pointe son terrain, et je sors la tête par l'embrasure pour mieux voir ce qui me saute au visage immédiatement. Sur la façade de sa maison, une clématite est apparue pendant la nuit. Ses tiges ont grimpé le long du mur, jusqu'au toit, et l'ont couvert de feuilles et de fleurs violettes. Je sors pieds nus dans le gazon trop long, ébahie, et je me retourne vers la maison de mes parents. Là aussi, une clématite se tortille jusqu'au rebord du toit. Je tends la main vers les fleurs pour les toucher, comme si je craignais que ce soit des mirages ou des hologrammes qui disparaîtraient dès que je m'en approcherais. Mais elles sont bien réelles, je touche les fleurs et les feuilles tout autour, là où hier encore il n'y avait rien. Je relève la tête et je la tourne instinctivement vers la maison de madame Labelle, juste à côté, où grimpe une clématite comme les nôtres, mais depuis des années, depuis aussi loin que je me rappelle, en fait, bien avant ma naissance, sans doute.

Dans sa fenêtre, madame Labelle me regarde regarder les clématites et elle me fait un sourire entendu, celui d'une sororité invisible dont les membres se reconnaissent entre elles sans pourtant se connaître.

Un besoin me prend soudain de vérifier quelque chose et je cours vers la maison, je dévale les marches en suivant la flèche puis je me précipite sur la porte du placard et je l'ouvre, pour constater que, derrière la porte, il n'y a plus de forêt, mais bien un placard. Un placard débordant de toutes les choses que mes parents, Simon et moi avions achetées pour Céleste, pour préparer son nid dans notre appartement, un moïse, des vêtements minuscules, des animaux en peluche, des couvertures, des débarbouillettes, une poussette. À genoux au milieu des boîtes pleines de cette vie qui n'aura pas existé, je pose les doigts sur le petit lit, je serre dans mes bras un éléphant en peluche et je sors de ma poche mon téléphone. Je l'ouvre, je retrouve le message de Simon et je tape à toute vitesse.

« Je suis chez mes parents. Veux-tu venir ? J'aimerais ça. »

Ça prend cinq secondes, dix, j'attends – le message s'envoie enfin.

– Dolores ? Ça va ?

J'entends les pas lourds d'Olivia dans les marches au-dessus de ma tête, puis derrière moi sur le prélart duquel toutes les brindilles ont disparu, et je sens sa main qui se pose sur mon épaule. Je lui fais un petit sourire.

– Ça va.

Elle a l'air déçue.

– La forêt est partie…

– Oui. Mais il y a tout ça, à la place…

Je tends le bras et j'attrape l'album photo déposé sur le dessus d'une des boîtes, l'album qui contient des photos de moi et de mon ventre à peine rond, et de la chambre en devenir, et des échographies, puis enfin de nous, Simon, Céleste et moi, à l'hôpital, Céleste minuscule sous sa petite tuque et sa couverture de laine, les yeux fermés, ses traits un peu étranges, mais magnifiques à la fois, dans nos bras pour la première et la dernière fois.

Je me tourne vers Olivia et lui fais signe d'entrer avec moi.

– Viens t'asseoir. Je voudrais te présenter quelqu'un.

ONT ACCOMPAGNÉ L'ÉCRITURE DE CE LIVRE

MUSIQUE

Akira Kosemura, *In the Dark Woods*
Amiina, *Kurr*
Patrick Watson, *Adventures in Your Own Backyard*
Alexandra Stréliski, *Inscape*
Jean-Michel Blais, *Dans ma main*
Alexis Ffrench, *The Piano Whisperer*
Joe Hisaishi, *Ponyo on the Cliff by the Sea Soundtrack*

CINÉMA

Hayao Miyazaki, *Mon voisin Totoro*
Roger Cantin, *Simon les nuages*

LIVRES

Élise Turcotte, *L'apparition du chevreuil*
Maurice Sendak, *Max et les Maximonstres*
Joan Didion, *Blue Nights*
Joan Didion, *L'année de la pensée magique*

REMERCIEMENTS

Merci à celles qui m'ont confié un petit bout de leur histoire et ont nourri celle de Dolores : Caroline, Myriam et Nathalie. Je pense à vous.

Merci à Maxime, pour tout, comme toujours (et encore plus que d'habitude).

Merci à Adèle, pour les idées brillantes, les conversations et l'inspiration.

Merci à Pierre-Alexandre, mon *accountability buddy*, et à Mélissa F. pour les rappels et les encouragements.

Merci aux femmes créatives qui m'entourent – « car la solidarité des femmes n'est jamais frivole, elle est toujours politique » (Pauline Harmange). Vous êtes précieuses et lumineuses.

CATALOGUE

Anuk Arudpragasam
Un passage vers le Nord
Traduit de l'anglais (Sri Lanka) par Dominique Vitalyos
2023

Christian Astolfi
De notre monde emporté
2022

Hanna Bervoets
Les choses que nous avons vues
Traduit du néerlandais par Noëlle Michel
2022

L'expérience Helena
Traduit du néerlandais par Anne-Laure Vignaux
2023

Anna Hope
Le Rocher blanc
Traduit de l'anglais par Élodie Leplat
2022

Alice Kaplan
Maison Atlas
Traduit de l'anglais (États-Unis) par Patrick Hersant
2022

Semezdin Mehmedinović
Le matin où j'aurais dû mourir
Traduit du bosnien par Chloé Billon
2022

Noëlle Michel
Demain les ombres
2023

Touhfat Mouhtare
Le Feu du Milieu
2022

Sara Mychkine
De minuit à minuit
2023

Aslak Nore
Le Cimetière de la mer
Traduit du norvégien par Loup-Maëlle Besançon
2023

Boris Pétric
Château Pékin
2022

Stine Pilgaard
Le pays des phrases courtes
Traduit du danois par Catherine Renaud
2022

Lisa Weeda
Le palais des Cosaques perdus
Traduit du néerlandais par Emmanuelle Tardif
2023

Pour en savoir plus sur nos publications
et suivre notre actualité,
vous pouvez consulter notre site Internet
www.lebruitdumonde.com

#lisez engagé !
www.lisez.com
Pour plus d'information :
Imprimé sur du papier issu de forêts gérées durablement.

Ouvrage réalisé par Cursives à Paris

CET OURVAGE
A ÉTÉ ACHEVÉ D'IMPRIMER
SUR ROTO-PAGE
PAR L'IMPRIMERIE FLOCH
À MAYENNE EN DÉCEMBRE 2022

N° d'édition : M20643/01
N° d'impression : 101666
Imprimé en France